KB269553

꽃은
꽃을 꺾지 않는다

꽃은 꽃을 꺾지 않는다

1판 1쇄 발행 2025년 12월 22일

저자 장달식

교정 주현강 **편집** 유주은 **마케팅·지원** 이창민

펴낸곳 (주)하움출판사 **펴낸이** 문현광

이메일 haum1000@naver.com **홈페이지** haum.kr
블로그 blog.naver.com/haum1000 **인스타그램** @haum1007

ISBN 979-11-7374-260-6(03810)

꽃은 꽃을 꺾지 않는다

장달식 지음

여는 글

카이로스의 시인 장달식의 세 번째 시집은 모두 백십여 편의 시를 담고 있다. 시들은 짧고 쉬우며 편안한 언어의 행보로 독자의 마음속에 깊은 울림과 공명을 불러일으킨다. 연민과 경건심, 성찰과 관조의 내재율이 전체 시들을 관류하고 있다. 시인 자신이 분류한 부별 기준으로 보면 다음과 같다.

1부	생명의 태어남과 가족에 대하여	10편
2부	계절과 자연을 바라보며	43편
3부	사랑과 인연이 이어지는 카이로스	16편
4부	깊은 성찰과 믿음을 묵상하며	24편
5부	시간과 기억 속에서 헤아리며	20편
합계		**113편**

1부와 2부의 시들이 견결하고, 응집되어 있으며 1부와 3부와 5부가 카이로스의 주제어로 상호 견인하는 모습으로 주제를 잘 부각시킨다. 주제적 응집도의 관점에서 보면 전체 시들은 네 가지 주제를 다루고 있다.

1 생명 탄생과 생명 보양의 신비적 모성 – '살아 있음'에 대한 경외를 품은 시들

시집의 1부 시들에는 「생명의 태어남과 가족에 대하여」를 비롯해 곳곳에 생명의 탄생, 자연의 순환, 인간 존재의 근원적인 경외심이 주조음으로 조율되어 있다. 「백일에」, 「엄마라는 나라」 이 두 편은 탄생의 경이, 가족을 통한 생명의 계승을 노래한다. 두 편의 시는 딸의 출산과 백일 맞은 손자의 성장을 감격해하며 노래하는 시인데 처음부터 독자들의 공감을 불러일으킨다. 백일을 맞은 아가가 백 번의 밤을 거쳤다는 표현은 앞으로 아가가 걷게 될 인생의 여정을 상징한다. 「엄마라는 나라」는 생명을 품는 절대적 안식처로서 모성애를 찬양한다. 이 시들은 탄생을 단순한 생리적 사건이 아니라, 하나님의 창조가 엄마를 통해 재현된 생명 창조 기적으로 노래한다. 특히 '호흡을 배웠다,' '함께 사는 법을 배웠다' 같은 구절은 생명에 깃든 학습과 성장의 신성함을 드러낸다. 여기서 시인은 삶의 첫 순간조차 '인간다움을 학습하는 배움터'로 보는 인생관 한 자락을 드러낸다.

「겨울의 호흡」, 「살아 있음의 색채」 등은 '생명이 얼마나 신비롭고 귀한가'를 따뜻하고 섬세하게 그린다. 시인은 여기서 숨, 호흡, 빛, 물, 씨앗 같은 자연적 은유를 통해 '인간도 자연의 일부로서 생명의 리듬에 속한다'는 인식을 보여 준다.

이런 주제하에 쓰인 시들을 통해 시인은 자신의 인생사를 감사로 정리하고 있다. '삶은 주어진 선물이며, 그 자체로 신성하고 감사해야 할 시간이다.'

❷ 생태적 감수성과 생명 순환의 감수성으로 저작된 시들

이 주제 아래 분류될 수 있는 많은 시들에서 자연은 장 시인에게 평화롭게 사는 지혜를 깨우치는 '통로' 역할을 한다. 「꽃은 꽃을 꺾지 않는다」, 「풀잎이 베임을 당하여도」, 「순천만 갈대숲에서」, 「물에 대하여」 등은 자연을 관찰하며 일정 정도 경쟁하면서도 끝내는 공존하는 식물 생태계의 지혜와 이웃 됨의 의미를 천착한다. 「꽃은 꽃을 꺾지 않는다」, 「풀잎이 베임을 당하여도」, 「순천만 갈대숲에서」 등은 생태적 감수성과 상호 존중의 윤리, 함께 공생하며 회복되는 식물계의 지혜를 노래한다. 시인은 먼저 은근히 관찰하고 깊이 공감하며 오래 성찰하고 묵직한 깨달음에 도달한다. 시인은 대체로 인간의 이기심과 자연의 비폭력적인 경쟁과 순환을 대비한다. 시인은 꽃과 풀잎에 감정과 의지를 부여하는 물활론적인 수사를 통해 서로를 살상하고 무자비하게 꺾는 인간 사회의 폭력성을 경각시킨다. 특히 시인은 '꽃은 꽃을 꺾지 않는다'라는 반복구로 '자연의 윤리'를 강조한다. 이런 점에서 시인에게 자연은 '예언자적 스승'이다. '풀잎이 베임을 당하여도 향기를 내뿜는다'라는 구절은, '십자가의 상처를 통해 부활하는 예수'를 생각할 수 있다. 동시에 이 표현은 헨리 나우웬의 상처 입은 회복자, 치유자를 소환할 수도 있다. 학대당하고, 손상당하면서도 다시 향기를 토해 내는 풀잎은 대지의 폭력자들인 인간 문명을 조용히 꾸짖는다. 또한 '순천만 갈대숲'이나 '안양천' 같은 실제 지명이 자주 등장하는 것은, 시인이 자기 삶의 공간에서 철학을 깨닫는 현장성을 중시함을 의미한다. 시인에게 자연은 구체적 시공간성의 좌표로 명명되는 자연이다.

시인은 또 다른 시들에서 간간이 기후 변화나 인간의 환경 파괴도 언급하며, 자연과 생명의 관계 속에서 겸손함과 성찰을 촉구하기도 한다. 시인은 지구의 생태계는 무진장 남용되고 남획되고 소진되어도 되는 무생물 도메인이라고 보지 않으며, 시인에게 지구 생태계는 오롯이 인간에게 말을 거는 이웃이다. 의인화되지 않고도 풀, 꽃, 나무, 그리고 땅은 지구에서 영위되는 삶이 얼마나 대지 의존적인지를 실감 나게 가르친다. 시인은 이런 주제시들을 통해 모든 생명은 연결되어 있고, 인간은 자연과의 관계 속에서만 온전히 존재할 수 있다고 속삭인다.

③ 크로노스와 카이로스의 교차를 노래하는 시들

3부 「사랑과 인연이 이어지는 카이로스」에 실린 시들은 장달식 시인의 평생 인생 화두를 부각시킨다. 이 주제 아래 쓰인 상당수 시들은 물리적으로 계량화되는 시간(크로노스)보다, 하나님과 접선하는 특이한 시간, 통찰과 결단의 시간 카이로스를 묵상한다. 카이로스는 헬라어로 질적 시간을 의미한다. 카이로스는 계량화될 수 없는 고유한 시간이다. 특정 행동을 하기에 적합한 때나 시간이 카이로스이다. 나사렛 예수는 마가복음 1:15 "그때가 찼고, 하나님 나라가 가까이 왔으니 회개하고 복음을 믿으라"에서 카이로스가 무엇인지 순식간에 깨우쳐 준다. 페플로타이 헤 카이로스(Πεπλήρωται ὁ καιρὸς). 이 어구에 나오는 '그때'가 '호 카이로스'이다. 카이로스는 '하나님의 때, 의미 있는 순간'을 뜻하며, 자신의 존재 의미를 발견하고 자신의 존재를 재구성할 정도로 의미심장한 전환을 요청받는 시간을 의미한다. 예수의 청중은 '회개할 때'를 맞았다. 이런 카이로스가 확장된 의미를 갖고 사용될 때 그것은 사랑, 연애, 결혼, 손자 손녀 출생, 그리고 죽음 사건이 카이로스를 대표한다. 「결혼, 그것은 운명적 사랑」, 「사랑의 프로토콜」, 「난 너에게 겨울비로」 등은 장 시인에게 임한 카이로스의 순간을 노래한다. 여기서 시인은 사랑을 단순한 감정이 아닌 '존재의 결합'으로 바라보는데 이때의 사랑은 일순간 방출되는 감정의 교환이 아니라, 지속적인 존재 결속을 의미하기 때문이다. 영적, 운명적 사건이 일어나는 시간에 인간은 자신의 시간 안에 영원한 의지가 작동하고 있다고 느끼거나 자신의 시간이 신의 시간으로 상승한다고 느낀다. 이런 카이로스의 순간에 경험한 사랑은 특정한 물리적 시간에 일어난 사건이지만 시간의 흐름을 거슬러 지속적이며 영원한 영속성을 지향한다. 이런 카이로스 사건들은 크로노스에 의한 풍화 침식을 견딘다. 이 잠정적인 크로노스 속에서 영원한 순간(카이로스)이 불꽃처럼 빛난다. 인간의 시간인 직선과 하나님의 시간인 포물선이 순간 접촉을 성사시킨다. 바로 이런 이유 때문에 우리는 사랑할 때 크로노스를 이기는 카이로스의 시간계에 입문한다. 장 시인은 이런 사랑의 신비를 느낀 경험을 여러 시편에 은유와 암시로 흩어 놓고 있다.

여러 군데서 시인은 시간의 차원 격상을 은유적으로 표현한다. 특히 '운명', '프로토콜(소통 규칙)', '주파수' 등 과학적 상징을 사랑의 언어로 변형한다. '비, 주파수, 겨울'은 감정의 미묘한 세기와 거리감을 표현한다. 대부분의 다른 시인들의 시에서는 다소 과하게 발동하는 감정이 장달식 시인의 이런 사랑 노래 시들에서는 절제되어 있다. 시인은 사랑을 '차분한 지성'으로 탐구한다. 시인에게 사랑은 단순한 감정이 아니라 존재의 공명(共鳴)이다. '심장의 주파수'가 같아야 서로를 이해할 수 있다는 표현은 이런 시제(詩題)를 잘 드러낸다. 그는 이 사랑의 신적 발원을 인정한다, 그는 사랑을 '신의 언어로 조율되는 영화로운 시간(카이로스)'으로 파악한다. 이 신에게서 발원하는 사랑은 크로노스 시간의 흐름을 초월한 사랑이다. 그것이 이 시집에서 말하는 '인연'이다. 하나님이 섭리해 성사된 사랑이 인연이다.

시집 전반의 마지막 부분으로 갈수록 시인은 삶의 고통과 신앙의 본질을 깊이 성찰한다. 「에덴을 바라보며」, 「하늘 장막을 살짝 찢어서」, 「위대한 서사시」, 「하늘의 노래」 등은 인간과 하나님, 창조와 구원의 관계를 묵상한다. 공학 박사라는 시인의 배경은 그에게 다양한 공학 언어와 이미지들을 동원할 수 있도록 자극한다. 건조하고 딱딱한 쇳덩어리 같은 공학 언어들이 그에게는 따뜻한 시어가 되고 음악적 운율이 된다. 장 시인은 이 물리적 세계와 영적 세계의 경계를 자유롭게 넘나들며 적합한 시어들을 찾아낼 수 있다. 그에게 기독교 신앙은 모서리 진 예배당에만 통용되는 틀 잡힌 종교가 아니라, 삶을 되살리는 근원적 에너지이자 예술의 원천이다. 이 주제 아래 쓰인 시들은 고통과 시간 속에서도 빛은 존재하며, 그 빛에 대한 믿음을 통해 인간은 재활 복구될 수 있다는 사상을 드러낸다. 창세기 1:2-3에서처럼 이 시들에서도 고통의 흑암은 환희의 빛이 창조되는 데 쓰임 받는 질료일 뿐이다. 흑암은 빛을 잉태한 잠정적인 가능태이다.

이런 시상(詩想)의 연장에서 「에덴을 바라보며」, 「하늘 장막을 살짝 찢어서」, 「위대한 서사시」, 「하늘의 노래」 등은 타락 후의 회복, 믿음의 길, 하늘과 땅의 소통 회복을 다룬다. 이 시들은 혼돈과 고통을 전경(前景)에 배치함으로써 혼돈의 어둠에서 깨달음의 빛으로 전진하는 서사

구조가 잘 들어온다. 이 중간의 여백에 시인은 기도와 묵상, 성찰을 채운다. 저자는 이런 시들에게 '에덴', '하늘', '빛', '호흡', '장막', '물' 등 성경의 은유와 상징들을 자유롭게 소환하고 동원하는 한편, 자신의 생업 전공인 공학에서 들여온 은유를 능숙하게 삽입한다. 설계자, 회로, 에너지 등 물리학 언어와 이 성경적인 그림 언어들이 절묘하게 결합되고 있다. 이 시들의 서사 구조는 성경의 구원사를 생각나게 한다. 그것은 먼저 역경이 묘사되고 신적 개입이 암시된 후 구원이 예기되고 예언되는 구조이다. 이 주제 아래 쓰인 시들의 마지막 편들로 갈수록 시는 명상록이나 찬가(讚歌)에 가까운 형식으로 변한다. 이 시집의 잠정적인 제목에 암시되어 있듯이 '카이로스'는 '하나님이 곤경에 처한 인간을 구원하러 일하는 때, 구원의 순간'을 뜻하는데, 그 의미가 바로 이 마지막 주제로 묶인 시들에서 절정에 달한다. 시인에게 두 개의 카이로스가 접선한다. 첫째, 카이로스는 인간의 시간 속으로 들어오는 신의 발소리이며, 둘째 카이로스는 인간이 신의 시간 속으로 부양되고 승화되는 비상이다. 저자는 이 시들에서 인간의 노력과 과학, 예술, 신앙의 궁극적인 지향점은 '하나님의 창조적 회복'이어야 한다는 경구적 암시를 제시한다. 유한하고 불가역적으로 흘러가는 시간 속에서 이뤄지는 인간의 활동들은 신의 시간으로 흘러 들어가는 지류일 뿐이다.

　전반적으로 이 시집은 60대에 접어든 시인의 인생행로에서 마주치는 풍경들을 감미롭고 뜻하게 조영한다. 시간과 존재, 자연과 사랑, 신앙의 빛 속에서 삶의 의미를 되묻는 영적 자서전적 시집이다. 저자는 이미 두 권의 시집과 중간 자서전 격인 두 편의 에세이를 출간했다. 그뿐만 아니라, 장 시인은 자신의 시적 재능을 오페라 등 음악 예술로 확장해 종합예술가로서의 입지를 굳혀 가고 있다. 이번에 출간된 장 시인의 셋째 시집은 독자들에게 두 가지 감흥을 불러일으킨다.

　첫째, 따뜻하고 선량한 지구 거주인의 마음이다. 짧지만 경구적인 많은 자연 관조적 시들은 확실히 우리가 사는 지구의 자연을 더 살갑고 책임감 있게 관찰하도록 도와준다. 책임감과 예언자적 경각심을 가진 지성인의 애통한 마음이 흐르는 이 시들이 청장년들에게 널리 읽히기를 기대한다. 둘째, 누군가를 사랑하는 행위는 애통과 고통의 공유를 수반한다는 것을 깨닫게 한다. 시인은 자신의 가족, 이웃, 그리고 주변 자연들 모두를 사랑하기에 그 각각에 의해 영향받는다. 독자들은 가족애 주제를 다룬 시들에서 작은형의 죽음을 애달파하는 마음, 일곱 아들을 멀리 두고 날마다 보고 그리워하는 아버지의 마음을 만질 수 있을 것이다. 그리고 어린 막내아들이 서울에서 집에 돌아갈 때마다 풀 향기로 범벅된 채 안아 주는 어머니를 부를 때마다 독자는 뜨겁게 공명하며 시인과 함께 각자 자신의 어머니를 부를 것이다. "어머니…!", "아버지…!"를 부르며 가족애를 노래하는 시들에서 독자들은 중국 당나라의 시성 8세기 두보의 시들이 생각날 것이다. 또 자연을 노래하고 관조하는 시들에서 19세기 영국 시인들 윌리엄 워즈워스와 사무엘 코울리지의 시들이 생각날 것이다. 자연, 안양천, 순천만 갈대를 노래하는 시구들에서는 정지용의 시들도 생각난다.

저마다 사유 재산을 늘리고 지키는 데 혈안이 된 지구인들이 이 시들을 읽고 작은 카이로스에 개안하기를 기대한다. 하나님의 선물인 지구인들의 공유 재산인 빛, 물, 땅, 생명, 가족, 그리고 꽃과 풀을 지키고 사랑하고 돌보는 시인들의 마을을 만들었으면 좋겠다. 전 이스라엘 국회 사무총장인 이스라엘 정치가 아브라함 부르그는 영국 신문 『가디언(2003년)』에서 군사력과 무기로 강해지는 자신의 조국 이스라엘을 비판했다. 그는 "우리는 적의 시체들의 수를 세면서 승리를 개가하는 천박한 장군들의 나라가 아니라, 우리의 총칼에 죽어 간 적의 시신들이 얼마나 되는지 헤아려 보는 시인들의 나라가 되어야 한다."라고 갈파했다. 시인은 인류의 공유재인 사랑, 희망, 우정, 그리고 풀과 꽃, 땅과 물을 지키고 돌보는 청지기이다. 장달식 시인은 한스 큉(Hans Küng) 신부가 그토록 고대했던 '지구 행성적 책임'을 지려는 지구 시민이자 시인이다.

김회권 교수

목차

1부
생명의 태어남과 가족에 대하여

백일에

주어지던 것들이
어느 날 갑자기 끊어지자,
두려운 마음에
소리 내어 우는 것을 배웠습니다

코로 숨을 쉬며 호흡을 배웠고,
어둠 속에서 혼자 살다가
빛의 세상에서 함께 사는 법을 배우기 시작했습니다

배가 고파 젖을 먹어 가며
먹은 것을 소화하는 기술을 배웠습니다

말하는 법을 몰라서,
배가 고파도 울고
무더워도 울고
할 말이 있으면 울었습니다

그러는 사이에
백 번의 밤이 지났습니다

수만 번을 세어야 하는 인생 여정이
너무 멀어서 아직은 잘 보이지 않습니다

그렇지만 바뀐 삶의 터에서
백 번을 이겨 낸 것처럼,
다가오는 날들도
생명을 주신 분의 마음을 기억하며
넉넉히 걸어가겠습니다

'엄마'라는 나라

그 나라에는
하늘이 내려놓고 간 법이 지배한다

어른들이 이해할 수 없는데
아이들은 믿고 따른다

태 속에서
같은 진동으로 살았기에 그러한 것일까,
세상이 줄 수 없는 평화를 누린다

여리던 딸아이는 엄마가 되고
어린 손녀에게
강하고 높은 성이 되었다

때론 아빠보다 무섭기도 하지만
엄마에게서 떠나지 못한다

아이가 자라 눈을 뜨면
엄마의 나라 너머에 있는
더 큰 나라를 바라보리라

엄마의 노래

어머니의 삶은
손을 만지면 느낄 수 있고
가슴에 귀를 대면 들을 수 있다

거칠어진 손에서 눈물을 느꼈고,
좁아진 가슴에서 숨겨진 엄마의 노래를 들었다

다시 만날 수는 없지만,
가슴속에 남아 있는 눈물이
흑백 사진에 색을 칠하고
귓전에 맴돌던 가락이
인형처럼 춤추게 한다

어머니…

아빠의 얼굴

그림으로는 그릴 수 없어
아빠의 얼굴을 글로 써 본다

가장이라는 짐을 지고 가다가 병상에 누워
아홉의 아이들을 바라보며 흘리던 눈물을
어머니의 가슴에 숨겨 놓았다

대학 시절의 드라마가
아들에게 알려 준 것은
보장되었던 대학 기숙사에서
갑자기 추방되던 때에도 보지 못했던
얇은 아빠의 월급봉투이다

유학의 문이 다르게 열린 것은
남은 삶을 위한 퇴직금마저 아끼지 않고
아들을 보내고 싶었던
아버지의 한 서린 열망이 아니었을까…

스위스 여행길에서
다섯 살 손주보다 더 신이 났던
칠십오 세 할아버지의 표정이

마지막 잎새인 양
아들의 가슴에 새겨져 있다

아버지…

엄마의 내음

풀잎의 향이 코끝을 스치는 안양천에서
엄마를 느낀다

방학이 되어 달려간 고향 원두막에서
소나기가 그치고 나온 햇살에
얼굴을 내민 참외처럼 웃으시며
아들을 안아 주셨던 엄마가 보인다

땀에 젖은 탓일까
풀잎에 취한 탓일까
얼굴을 파묻은 엄마의 젖무덤에서 느꼈던
풀 향기 가득한 엄마의 내음이
코끝을 자극한다

구름 사이로 반쯤 가려진 해가 얼굴을 내밀 때
바람은 어머니인 양
가슴을 스친 후
다시 하늘로 올라간다

아버지의 고독

일곱 아들은 모두 같이
고향을 찾기 어려웠다

늘 부족하다고 헤아리던
그 모습이 내 모습이 되었다

슬픔은 숨길 수 있는 것이 아니었기에
고향을 떠나는 날 깊은 아픔이
아버지의 가슴에 남아 있었다

쉬는 날이 많이 있다고
기쁨이 가득하지 않다

한 해의 반을 헤아리며 기다리던
아버지의 흔적이
어느새 내 가슴에
깊게 자리를 잡고 있다

아버지의 고독은
일곱 아들은 물론 두 딸로도
채울 수 없는 것이었다

오월의 천사

초여름 연한 풀잎마저 시샘하려 하기에
자정이 조금 지난 깊은 밤
세상에 첫 울음소리를 발했다

아늑한 태중에서 정한 때까지 머물지 않고
새로운 세계와 연결되는
최적의 때라는 계시를 받은 듯
예고 없이 문을 두드리기 시작했다

그러나 눈을 뜨기엔
기다려야 할 시각이 오지 않은 듯
얼굴과 심장으로 이야기하고 있다

모차르트가 말한 최고의 계절에
미리 우리에게 다가온 아이는
여전히 천사와 함께 있다

아이와 천사는 하나가 되어
하늘에서 받아 온 암호와 DNA를 해석하여
쉼 없이 새로운 그림을 그려 내고 있다

시간이 흐를수록 천사는
아이 속으로 숨어들어
사람의 눈을 흐리게 한다

작은형을 추모하며

고향을 떠나는 것을 쉬이 결정한 것은
지키며 기다리는 작은 형이 있기 때문이었을까

타지에 계신 아빠의 자리를 대신하던 형은
병마와의 긴 싸움을 중단하고
계산하지 않은 시각에 하늘로 이사를 갔다

꿈과 기억이 새겨져 있는 시골집과 골목길은
나그네를 이방인으로 만들었고,
그곳으로 향하려는 발목에
무거운 추를 달아 놓았다

먼 미국 땅에서 찾아온
팔순이 넘은 큰형이 만들어 낸
기억을 되돌아보는 마당에는
아주 먼 나라에 가야 할 순서를
헤아리기 어려운 사람들이 모였고
먼저 간 이들은 기억의 상자를 보내왔다

나이가 숫자라고는 하지만
'다음'을 말하지 못하는 땅 위의 존재들은

추모의 장소와 주인공을 정하지 않은 채
미완의 작별을 고한다

지켜야 할 것과 시간
그리고 지킬 자에 관한 생각의 파편들이
서울로 가는 기차가 출발하자
추억의 블랙홀 속으로 빨려 들어간다

석류가 익어 갈 때

양산 공장 주차장 가에
한 그루 석류나무가 있다

어린 시절 거목같이 보이던 작은형이
의식을 잃고 침대에서 일어나지 못하던 날
석류는 반쯤 익다가 떨어져 버렸다

집을 떠나 계신 아버지를 대신하여
아빠가 되어 주었고,
고향을 지키는 파수꾼이 되어
행복한 얼굴로 맞아 주시던 형님은
어느 날 잎사귀를 헤집고 불쑥 나온 석류처럼
갑자기 이별을 고했다

올해도 여름이 익어 갈 때
꽃이 변하여 열매가 되어 인사를 하더니
어느새 크고 건강한 모습으로 다가온다

이제는 고향에 돌아가도
다시 만날 수는 없지만,
하늘에 있는 고향에 가면

건강한 형님을 만날 수 있다고
잘 익은 석류가 소식을 전한다

진한 풀빛에 이끌리어

차가 멈춘 길가에 다가온
이름을 알 수 없는 풀잎에 마음이 간다

꿈속에서 보았던
어머니의 모습이 보인다,
밭을 매시다가
방학 때 내려온 아들을 바라보며
행복하게 한껏 웃으시던

좀 일찍 소풍을 끝낸
작은형님의 거친 손이 보인다,
풀잎도 친구처럼 대하셨지만
띠동갑인 동생을
아들처럼 사랑하시던

여름이 새 주인에게
자리를 넘겨주려 하는 이 아침,
검은빛을 띤 풀포기들이
먼 옛날과 오늘을 통하게 하고
죽음과 살아 있음의 공간을
하나로 만들어 준다

신호가 바뀌고
다시 가속 페달을 밟는다

꽃은 꽃을 꺾지 않는다

구름이 살짝 흘린 빗방울이
바람을 타고
꽃잎 위에 흩날린다

아직 여름이 덜 익은 시각
안양천 가 들꽃들이
자기의 자리를 빼앗길까 걱정하여
다투며 피어나고 있다

화사한 색의 꽃이 피어날 때
소박하면서 정을 품은 꽃마저
한 조각의 햇살과 한 방울의 물을 더 모아
자기의 얼굴을 드러내려 한다

하지만
꽃은 꽃을 꺾지 않는다

꽃은 스스로 피지 않는다

따스한 햇살에 꽃은 마음을 정하지만,
온기가 그 자리를 지켜 주어야 피기 시작한다

안양천 건너편에는 가득 피었는데,
시내 쪽 벚나무 꽃은 멈칫멈칫 피고 있다

눈꽃이 친구가 되어야 피는 꽃도
한겨울에 피지 않는 것은,
봄을 알리는 주파수가
함께 울리지 않은 까닭이리라

꽃이 혼자만의 생각으로 피지 않는 것처럼,
긴 시간 기다려 온 나그네의 꿈은
함께 울리는 마음의 양을
아직 채우고 있는 것일까

풀잎이 베임을 당하여도

풀잎이 베임을 당하여도
아픔을 이기는 강한 향기를 토하며
거름이 되어 흙이 살아나게 하고

흙이 척박해져 가더라도
마지막 남은 기운까지 다 바쳐
야채와 곡식이 자라게 하며

산모가 위험에 빠져도
생명의 마지막 조각까지 다 모아
아기가 살아나게 하듯

바이러스로 인해 가슴은 아려도
허물어진 논둑을 보수하러
삽과 괭이를 들고 나가련다,
아직은 푸른 세상을 위해

가을은 오지 않았다

겨울마저도 삼킬 듯하던 더위가
물줄기를 데리고 온 큰 바람에
패잔병처럼 도망을 갔지만,
관악산 중턱에는 아직도
가을은 오지 않고 바람만이
척후병인 양 찾아왔다

떠나고 비워 준다는 것이
다음 시대를 만들어 준다는 것을 말하지 않으며,
때늦게 떠난다 하여도
새로운 세상이 급하게 오지 않으리라

산 위에서 불어오는 바람에
가을이 가까이에 오고 있는 것을
느낄 수 있는 것처럼,
사람들 사이에서 들려오는 이야기에
변화의 시간이 빠르게 흐르고 있는 것을
알 수 있게 한다

가을이 온다고 해도
곡식이 바로 익지 않듯이,

집을 허문다고 하여도
새집이 바로 지어지지 않는다는 상념이
나그네의 발걸음을 재촉한다

가을에 피는 꽃

성급함을 이기지 못하고
눈발이 날리는 오후에 갑자기 피어나는 산수유처럼
뜨거운 열정을 가진 것은 아니기에
어딘가에 숨어 있던 그대

거센 열기를 담아내어
맑은 물을 빨갛게 변화시키고자 하는 수박처럼
큰 덩치의 과일을 익혀 보려는
야망을 가진 것이 아니기에
잎사귀 뒤에서 작은 소리로 말하던 그대

망설임 없이
잉잉거리는 벌들의 봄 축제도 그냥 보내고
마지막이라고 외치는 매미의 외침도 뒤로하더니
더위가 한바탕의 소나기에 몸을 비트는 오늘
조용히 얼굴을 내미는 그대

하늘의 온기가 주어지는 날들을 계수하며
내일을 위한 열매를 남기기엔 여유가 있고
아직도 깊고 진한 향을 만들어 갈 수 있다며
내 얼굴을 바라보는 그대

먹음직한 과일은 주지 못하고
작은 꽃잎으로 모양을 내고 있지만
깊은 생각을 가슴에 품고
다가올 겨울을 같이 견디어 보자며
미소 짓는 그대가 나는 좋다

겨울에 피는 꽃

꽃은
기다리는 마음이 피어나게 하는 것일까,
보여 주려는 열정이 피게 하는 것일까

겨울에 꽃집에서 파는 꽃은
억지로 피게 한 탓인지
서글픈 색의 코팅이 살짝 보인다

눈이 녹다가 얼어붙은 걸
사람들은 꽃이라 말하지만,
나무는 그저 힘겨워 가지를 내린다

기다림이 없는 꽃은 향기가 없고,
열정이 없는 꽃은 온기가 없다는 생각이
뇌리를 스칠 때
가슴은 내 영혼에게 묻는다

얼어붙은 눈을 꽃이라고
믿고 있는 것은 아닐까

하얀 목련은 밤사이 피어나고

씨앗이라고 했다,
혹독한 겨울의 추위 속에서
하얀 눈물로 밤을 지새우던
그 시간대를 견디기 위해
백만 번 마음속에 그려 본 것을

새싹이라고 했다,
기다림의 연속 속에서
절망과 희망의 끝이 없을 듯하던
변주곡 속에 다가온
아직은 희미한 그림자를

줄기라고 했다,
꽃봉오리가 이내 터지고
하얀 꽃잎이 피어나리라고
속절없이 버티며 기다린 것을

꽃이라고 했다,
하얀 목련의 꽃잎 하나만으로도
새로운 세상을 열 수 있다는
거짓이 없는 무한한 확신을

열매라고 했다,
갑자기 찾아온 봄기운에
하얀 목련은 밤사이 피어나고
그 추운 겨울의 기억은
안개인 양 사라져 간 것을

겨울의 호흡

춥지 않다는 말이 조롱처럼 들렸는지,
겨울은 북극 바다 위 바람을 데려와
도시를 급속히 얼려 버렸다

겨울잠을 자는 동물도 호흡하고 있는 것처럼,
겨울도 숨을 쉬고 있다

웅크리고 앉아 추위를 들이마신 후,
비틀거리며 참아 내다가
토해 내며 한동안 온기를 느낀다

호흡이 있는 것은 생명이 있듯이
겨울도 차가움 속에서 몸부림을 치며
생명을 잉태하는 춤을 추고 있다

봄을 재촉하는 불을 지르며

마음으로 정한 날이 되어도 봄이 오지 않아
차가운 들판에 부족한 온기를 불어넣으려고
화살에 불을 붙여 먼 곳까지 쏜다

붉게 타오르는 벌판을 뛰어다니며
춤을 춘다

툭탁거리며 불을 이겨 보려던 나뭇가지들이
거룩한 제사의 제물이 되어 하늘로 올라가고,
불로 계절을 바꿀 수 없다는 절망이
가슴에서 뛰쳐나와
억울한 듯 사라지는 하얀 재와 함께 날아간다

비가 내리고 바람이 부는 날,
영원할 것만 같았던 겨울의
새카만 흔적 속에서
빼꼼히 얼굴을 내민 새싹을 발견한다

불길처럼 춤을 추던 거룩한 몸부림도
부드러운 바람이 되어 돌아와
낯선 생명에게 속삭인다,

"고마워요"

토막 난 계절

기후가 변했다는 말이 새롭지 않은 아침
휴가를 떠나지 못하는 시대 탓인지
팔월의 두 토막을 기억에서 지워 본다

광복절이 지나면
바닷물이 차가워진다는 기록이
역사책에 나오는 것도 아닌데
뇌파가 기억 검증을 거부한다

부채가 선풍기에 밀려나고
에어컨이 사치품 목록에서 빠진 후
한 마디를 더 잘라 내어도 된다고
두뇌가 판단의 기준을 바꾼다

생각을 새롭게 정리하려 할 때
텅 빈 공간이 먼저 가슴속으로 들어간다

이렇게 살아 버리면
가을이 저물어 가는 날
하늘 농부가 보낸 결산서를 받고
잠을 이룰 수 있을까

마음속에서 익어 가는 가을

설익은 가을을 주워 보려고
이른 아침 안양천을 지나 한강에 왔다

빈 그릇의 바닥을 가을에 대한 염원으로 깔아 놓고
짙은 갈색의 갈대와 색이 변하지 않은
도꼬마리를 모아서 밑바닥을 장식한 후
그 위에 설익은 벼 이삭을 올려놓는다

코스모스 몇 송이를 모아서 예쁜 색깔을 만들어
오른쪽을 치장하고
왼쪽에는 새로운 세계와 이어 줄
둥지를 지어 준다

여치와 떠나지 않은 철새들의 소리가 흐르게 하고
아침 이른 시각의 기온과 바람을 모아
빈 공간을 채운다

마음의 가을은 다 채워지지 않았지만
가득 차 있다

봄을 꾸어 하늘에 뿌린 후

마음으로 정한 날에도
추위가 다 떠나지 않아서
계절을 문을 열고 들어가
봄을 꾸어 하늘에 뿌린 후
안양천을 가볍게 걸어 본다

'이제는'이라고 기대한 때에도
사람을 사람으로 여기지 않아서
시대의 창을 열고 들어가
그날들을 꾸어 세상에 뿌린 후
행복하게 손을 잡고 걸어 보고 싶다

세기가 두 번 바뀌어도
이 땅에 님의 뜻이 이루어지지 않아
하늘의 끝을 열고 들어가
그 나라를 꾸어 땅 위에 뿌린 후
마음과 영혼이 넉넉한 삶을 살아 보고 싶다

여름에 지는 낙엽

길이를 말하지 않고
살아갈 날들을 헤아리며
깊이를 말하지 않고
남겨야 할 열매들을 위해
태양을 바라보던 잎새에
점 하나가 그려졌다

반쯤 변해 버릴 때까지도
살아 있음을 고백하던 잎사귀는
벌써 가을인 양
노란 낙엽이 되어 사라졌다

바람을 붙잡으며
암호를 풀어 달라 절규하던 나그네는
눈을 감고 귀를 막으며
다른 세상으로 깊숙이 들어간다

두 개의 세계가 거울처럼 보이고
거리와 깊이를 잴 수 없는 공간에 자리하고 있다

저 멀리에
가을에 떨어질 낙엽도 보인다

한 걸음 먼저 핀 목련

잘린 가지에 맺힌 꽃망울이 안타까워
화병에 꽂아서 거실 탁자에 올려놓고
한 걸음 먼저 필 목련을 기다린다

한 아이는 슬픔을 모르는 듯
껍질을 벗기 시작하더니
홀로 꽃을 피워 낸다

한 송이 목련이 핀다고 하여
봄이 온 것은 아니지만
뒤따라오는 봄을 담보로
미리 핀 것이기에 이내 봄은 오리라

분노 너머에서 오는 두려움에 사라지려는
그 나라가 안타까워
내 가슴에 몰래 숨기고
감출 수 없는 열기로 익혀 본다

그날에 대한 희망이
내 가슴에서 홀로 피어나더라도
바로 새로운 날이 시작되는 것은 아니지만

다가오는 시대를 저당 잡아 꾸어 왔기에
머지않은 시각에 반드시 오리라

가을은 쉬이 떠나지 않고

더위가 쉽게 떠나지 않았던 까닭인지
아파트 단지 내 나무들은
옷을 다 갈아입지 않는다

기억 속의 시계는
눈 덮인 상자 속에서 웃고 있는데,
기상청 시계는 계절을 착각한 듯
폭우를 조심하라는 일기 예보를 내보낸다

가을에게 허락된 시간이 빼앗긴 탓일까,
여름이 남긴 열기를 아껴서
갑작스러운 기온차를 허락하지 않는다

기후가 변한 까닭인가,
가을에 피는 꽃을 피우는 인생들도
겨울을 준비하지 않고
긴 가을을 살아 내고 있다

보이는 것은 더 이상 꽃이 아니다

올해도 마음이 흔들리게 곱게 핀 영산홍을
홀로 볼 수 없어
기억을 함께 나누는 방에
사진을 찍어 올려 본다

보이는 것은 더 이상 꽃이 아니다,
꽃잎은 흘러간 시간을 품고
서랍에 숨겨 놓은 꿈을 그려 넣고
떠나간 얼굴을 하나씩 새겨 놓았다

열흘을 넘기지 못하고 진다는 것은
꽃이 아니다,
더 이상 함께할 가슴을 찾지 못한
한 그릇 가득한 애틋함이다

노을빛이 곱게 물드는 시각에
사진을 지우는 것은
한 해를 기다리며 애태울 수 없는
내 마음을 위로하기 위함이다

가을이 다가오는 안양천에서

가을은 아직 저만치에 있고
갈대는 그날을 위해 춤사위를 익힌다

매미가 크게 울면 밑동을 흔들어 보고
여치 한 번 울면 새잎을 휘저어 보며
쓰르라미가 울면 온몸을 떨어 본다

이루어야 할 꿈은 아직 저만치에 있고
나그네는 그날을 위해 노래를 배운다

거친 바람이 불면 바리톤 곡을 불러 보고
안개가 가득하면 소프라노를 연습하며
새 힘이 필요하면 테너 음을 익혀 본다

물에 대하여

태고의 순수한 물을 마시려고
북극의 얼음을 녹여 마신다는 기사가
바다에 쌓인 폐기물 더미에서 눈에 다가온다

명의 허준이 나오는 드라마에서
특별한 물을 길어 한약을 만들던 장면이
기억 속에서 새롭게 피어나고,
황토를 도자기에 넣어 만든 지장수로
커피를 내리면 특별한 맛이 난다는
건강한 노년을 추구하는 어느 교수의 이야기가
귓전을 다시 울린다

사람의 몸 중에서 열의 일곱을 차지하기에
좋은 물을 마셔야 한다는 논리에 의해,
산이 많고 비가 많이 와서 물이 풍부하지만
석유가 전혀 안 나오는 나라에서
좋은 물과 휘발유의 가격이 눈을 다시 뜨게 한다

지구의 표면 중에서 열의 일곱을 차지하기에
바다에 대한 이야기를 들으며
깊은 상념에 빠진다

소금이 녹아 있는 물에서 사는 고기가
짠맛을 제거하여 스스로를 지키는 것처럼,
그들이 마구 버린 나쁜 것들도
걸러 내는 능력이 있을 수 있을까

맑고 깨끗한 태초의 물을 찾아가는 길을
물고기는 알고 있을까

하늘 위의 물이 내려왔다는 성경의 기록처럼
땅속의 물이 나오고
오염된 물은 땅속으로 갈 수 있을까

복숭아에 대한 묵상

회색 건물들이
주상 절리처럼 내려다보이는 아파트에서
붉게 익은 복숭아를 씻어
한입 물어 본다

하나만 먹어도 배가 차오르는데
왜 열 개를 갖고 싶다는 생각을
버릴 수 없는 걸까

한 처음에 지어 주셨던
가죽옷 한 벌만으로도
삶이 다하는 날까지
살 수 있을 것 같은데
하루에 세 가지 옷을 입어야 하는 이유는 뭘까

숯불에 잘 구워진 고기를 먹고
두 시간을 걸으며 몸을 회복시켜야 하는
시시포스 신화 같은 이 게임은
정말 끝이 없을까

사자와 양들이 평화롭게 사는 들에서

잘 익은 과일 몇 개만으로도
삶이 풍요로울 수 있다는 전설 같은 역사는
왜 회복될 수 없을까

안양천의 가을

새로 찾아올 그녀를 위해
설렘을 감추며
여름의 조각들을 바람결에
하나씩 날려 보내고 있다

참으로 힘들었던 인연이었지만
잠시 머뭇거리며
헤어지는 연인인 양
감추어진 마음을 추스르고 있다

한 옥타브 낮아진 매미의 절규는
오십을 바라보며 일터를 떠난 자처럼
못내 그녀를 잊지 못한다고 전하고 있다

쓰르라미들은
다시 생각을 접고
그녀를 위해 준비를 서두르라고
합창을 부르고 있다

바람 속엔
이미 그녀의 손길이 느껴지고

저 높은 하늘은 맞다 하는데
가슴과 몸뚱이는
아직은 아니라고 외치고 있다

정오의 태양이
안양천의 물 그리고 푸른 가지들과
마지막 남은 시간을 조율하고 있다

매미의 외침

오 년을 땅속에서 산 것이
억울한 탓일까,
출근길 매미들은 떼를 지어 외친다

시간에 밀려 직장으로 향하는 사람들은
마스크를 쓴 채
말없이 걷고 있다

이십 년 넘게 어두운 곳에서 살아왔는데
할 말이 없는 것일까
말하고 싶지 않은 것일까

매미의 소리는 귓전을 강하게 두드리고
사람들의 소리는 가슴을 아프게 두드린다

들리는 소리와
들리지 않는 소리를 해독하며
두 눈을 감고
보이지 않는 세상을 바라보며
두 손을 모은다

강아지풀은 더 이상 풀이 아니다

밤늦은 산책길에
낯익은 강아지풀이 보인다

손바닥 위에 올려 흔들며
강아지처럼 다가오는 모습에
혼자 즐거워하겠지

어린 개의 꼬리를 닮아
강아지풀이라고 이름이 붙여진 후
그 풀은 더 이상 풀이 아니다

주인에게 조건 없이
꼬리를 흔들며 다가오는 애완견 대신
두세 번 흔들린 후 가벼이 버려진
어린 풀 너머로
여건이 안 되어 버려진 후
관광지를 떠돌던 유기견이 보인다

그 강아지는
몇 번 꼬리를 흔든 후
버려졌을까

겨울이 흘러가는 문턱에서

빙하가 녹아서 추워졌다는 색다른 해석도
어느덧 우리의 일상이 되었고,
또 한 해를 마무리하는 어설픈 어른들도
숫자의 추가인 양 마음의 흐트러짐을 보이지 않는다

수명이 길어짐으로 인하여
노인의 기준을 열 살 위로 올려
감각을 상실하게 하는 시대정신은
추위 속에서 서 있기를 거부하는 세대에게
살아 있음의 의미조차 앗아 가려 한다

산은 강보다 높아야 하고
겨울은 여름보다 춥다는 것이
왜 이렇게 어려운 이야기가 되어 버렸을까

날마다 해가 뜨면 사막이 된다는 아라비아의 속담이
십자가가 달린 지붕 아래 사람들에게조차
더 이상 필요하지 않은 듯
하늘 위에서만 맴돌고 있다

강한 자가 로마를 다스리던 시대가 가고

어린아이가 나라를 흔들던 이야기가
역사책 마지막에 나온다는 것을 그들은 모를까

무엇이 진짜 검은 것이고 하얀 것인가를 고민했던 나그네는
더 하얀 것을 호흡하려고
눈 덮인 겨울 산으로 여행을 떠났다

에덴의 옛터를 찾아와 불칼이 지키던 터에서
하얀 들꽃에 입을 맞추고
손으로 짓지 않은 정원을 다시 꿈꾸어 본다

겨울은 아직도 깊고
그가 흘러가는 문턱이 저처럼 높은데
들꽃들은 춥다 하지 아니하고 거기에 서 있다

눈 내리고 차가운 기운이 가득하지만
매일 해가 뜨기 어렵듯이
이 시린 세월도
따스함을 말해야만 하지 않을까 하며
작은 텃밭을 빌려 들꽃들을 심어 본다

길고도 색채가 다양했던 이번 겨울은

조금 더 하얀 그 나라를

캔버스에 그리기에 넉넉히 추웠고

그가 흘러 나갈 문턱으로 들어올 봄은

그려진 화폭의 그림처럼 다가오고 있다

이 가을 아침에 쓴 낙서

사람들은 모른다,
글이 나오면 그만큼
가슴이 파여 나오는 것을

또 벌꿀도 꿀을 채취한 후에는
벌집에 다시 꿀이 찰 때까지 기다려야
다시 딸 수 있듯이
아픔으로 가슴을 채워야
글이 흘러나오는 것을

가을이 오면
글이 그냥 흘러나오는 줄 알지만,
실상은
가을이 오길 기다리며 애태운 자에게만
그 아픈 만큼의 양에 따라
신선하고 꽉 차게 익은 글이 나온다

바람이 멈춘다 하여도

바람이 멈춘다 하여도
꽃잎이 영원히 그대로 있지 아니하듯,
삶이 흔들리지 않아도
행복이 항상 머물지 않는다

꽃이 지는 슬픔을 이겨야만
열매를 거두어들일 꿈이 생기고
흔들리는 시간대를 이겨 내야만
진정한 행복을 바랄 수 있기에,

농부의 마음으로
꽃이 지는 아픔을 소화한 후
깊어진 눈망울로
흔들리는 가슴을 조율해야만 한다

에덴을 바라보며

봄을 기다리는 저 마른 갈대들도
꿋꿋하게 서 있고
오늘도 빠짐없이 떠오르는 저 태양도
조금도 차별 없이 갈대들에게
일용할 온기를 전하는데
아직 피지도 않은 흔적들이
사라짐을 이야기합니다

그들에게 있어야 하는 이유를
알리게 하소서

가슴이 시린 영혼들이
갈 곳을 찾아 헤매다가 다다른 쉼터에서 마저
차지할 빈 곳을 얻지 못해
다시 흔들리고 있습니다

저 영혼들에게 생명의 기운을 찾을 수 있는
에덴으로 가는 길을 알게 하소서

사람이 창조되었으되
한 번도 잉태됨이 없었던 저 에덴에서

생명의 잉태됨을 허락하소서,
마치 사람을 만드시고
심히 기뻐하셨던 그날처럼

순천만 갈대숲에서

갈대가 볏단인 양 서 있는
순천만 갈대숲 길 사이로
아직 싹트지 않은 봄을 찾아 나선다

물이 달에 의해 멀어져 간 탓일까
개펄의 주인인 양 살고 있는
짱뚱어는 보이지 않고
하늘을 다스리던 겨울새도
잠시 외유를 떠난 듯 조용하다

낫으로 베임을 당하지 않은 줄기들은
끝까지 위용을 자랑하듯
고개를 똑바로 세우고
죽음을 거부한 채 살아 있음을 말하고 있다

새로이 생겨나는 작지만 둥근 갈대밭은
계절의 변화를 넘어
세월의 흐름과 늪지의 생명력을
흔적인 양 남기고 있다

바람에 흔들려도 꺾이지 않는 갈대는

밑동을 베어야 더욱 강한 싹이 나기에
자기 부정을 통해 새날을 준비하고 있다

바람이 지배하는 듯 보이는 갈대숲에서
보이지 않는 생명과 섭리의 기운이
새로운 한 해를 잉태하고 있다

바이러스에 감염된 시대

아이들의 가슴을 설레게 하는
하얀 벚꽃은
순수할까
떨어져 흩어지는 날에도
공부의 부담을 이기며 설렐 수 있을까

청년의 가슴을 짜릿하게 하는
선홍빛 철쭉꽃은
열정을 머금고 있을까
꽃잎이 말라 가는 날에도
삶의 무게를 이겨 내는 열정이 살아 있을까

노년의 가슴을 흔드는
연초록의 소나무 잎들은
새로운 희망을 담고 있을까
낙엽이 되어 떨어지는 날에도
허무를 이기는 희망이 살아 있을까

눈을 감은 시인의 가슴에
작은 아픔이 있는 것은
코로나바이러스가 겨울의 칼을 들고

봄을 무섭게 흔들어 대는

그 이유만일까

유월의 꿈을 칠월에 그리며

사월이 익지 못한 끝자락에
오월의 꿈을 그려 본다

어머니와 어린이가 함께 나오는
고향의 오월을 그리려고 눈을 감으니
죽음을 돌려보내고 학교로 돌아온 해
바람이 나무를 악기 삼아
베토벤인 양 장엄한 곡조를 연주하던 교정이 보인다

어머니도 가고
아이도 어른이 된 시간 속에서
젖은 물 내음이 가득한 유월의 꿈을 그리려 했는데
벌써 칠월이 왔다

사망의 그림자에 시간은 흔들리고
자리를 찾지 못한 꿈은
아무런 흔적을 남기지 못한 채
서성거리는 사이에
달력의 숫자만 변해 버렸다

아직도 끝을 알 수 없는 공포가

일상의 기억을 완전히 바꾸려 하나,
모두가 일터로 돌아가고
바람이 사람을 악기 삼아
헨델인 양 하늘의 노래를 연주하는
유월의 꿈을 이제는 그려야겠다

인공 섬

한 옛날에 큰 물이 하늘에서 내려와
땅을 덮어 산이 섬이 된 영향인지,
큰 바람이 불어와 땅을 채울 때
사람들은 섬을 만들기 시작했다

두려움이 커지면서
큰 섬을 작게 나누다가,
바벨탑을 세운 기억 때문인지
스스로 지키려 큰 섬으로 합한 후
더 큰 소용돌이에 휘말렸다

홍수가 사라진 후에도
그 흔적이 쉽게 사라지지 않은 것처럼,
그 바람이 사라진 후에도
섬은 마음속에서 쉬이 떠날 것 같지 않은데
새로운 질문이 가슴을 채워 간다

사람이 만든 섬일까,
하늘이 만든 것일까…

우수리스크 농장에서

먼 시선의 멈춤이 없을 듯한 대지를 보며
마음속에 숨겨 놓은 한 장의 종이를 편다

땅의 푸르름이 가득히 익어
파아란 하늘의 기운으로 올라가듯,
한 장의 낡은 그림이 넉넉히 소화되어
거침없이 펼쳐지는 그림으로 다시 태어나려 한다

보기에 쉬이 달려갈 것만 같은 저 길을 가려면
약해진 근육이 새 엔진을 요구하듯,
얕은 물가에서 머물던 조각배는
큰 파도를 타고 넘기 위해
바람을 잡는 고리와 넓은 장막이 필요하다

아직 알곡을 내기엔 어린 옥수수 줄기들이
거친 들판의 소리와 빠르게 변하는 하늘의 신호등을
듣고 보며 잠잠히 자람을 계속하듯,
설익은 생각과 희미한 그림을 가진 나그네는
낮은 하늘의 소리와 기이한 세상의 신호들을 해독하며
먼 곳을 향해 뚜벅뚜벅 걸어가기 시작한다

연해주 농토 위에서

원시의 들판을 줄자로 재고
표면을 벗겨 뽀얀 흙이 시야를 메우게 한 후
그 위를 맨발로 걸어 본다

쟁기와 지게로 농사를 지었던 옛 농부들의 지혜가
잠시 갈 곳을 잃은 채 가슴속에 머물고
아이티와 거대한 중장비가 머리를 지배할 때
바닥에 누워 한 키의 길이를 그려 본다

십여 년의 세월이 화살처럼 흘렀고
연해주의 콩과 옥수수가 그의 판단과 손길에
운명을 달리하는 삶을 살고 있지만,
접지 않은 꿈과 넘어야 할 언덕들이
오늘도 아침 인사를 한다

땅을 갈아엎고 그 위에 씨앗을 심으며
때에 따라 가꾸고 보살펴야 한다는 지혜가 여전히 살아
있고
시력의 한계를 시샘하는 넓은 땅도 끝이 있듯이,
삶의 텃밭에서 자라는 모종들을
새롭게 만든 그의 땅에 옮겨 심을 때가 다가옴을 느낀다

이방인으로 살아온 시간이 깊어 갈수록
곳간에는 외로움과 연약함이 쌓여 가고
갑자기 다가올 그날이 오늘 밤 꿈에 보인다

바람이 불고 하늘이 짙어 오는 걸 보니,
머지않은 날에
하늘의 농사꾼의 판단과 손길이
그가 부족함이 없는 농토에서 넉넉히 살게 하시리라!

꽃보다 연초록 잎이

꽃보다 연초록 잎이 더 끌리는 것은
화사한 꽃잎이 예쁘지 않아서가 아니라,
넘치는 이 화사함도 오늘이 지나고 나면
허무의 빛으로 남기 때문이다

새잎의 기운이 가슴을 훔치는 것은
따사로운 빛을 사모하여
물과 공기만으로도
필요한 것과 나누어 줄 것을 만들어
함께하는 세상을 꿈꾸기 때문이다

나이가 더할수록 더 가까이하고 싶은 것은
가을 다람쥐를 위해 흙과 맺은
약속이 있기 때문이다

고흥에 심는 꽃

'무슨 사연이 있겠지'라는 유행가 가사처럼
이어지는 상상을 뒤로한 채
잊을 수 없었던 소녀의 꿈을 찾아
남쪽 끝 고흥에 터를 잡는다

왕궁이 아닌 광야에서 외치던 선지자인 양
서울이라는 화사한 터를 박차고 나와
바람을 따라 바닷물이 마당에 와 닿는
조그만 섬 집에서 새날을 열어 간다

해가 지기에는 아직 이른 시각에
오랜 세월 마음속에 품어 온 꽃을
옮겨 심는 바닷가엔
하얀 조각달이 떠오른다

삽과 괭이를 들어 나무를 가꾸고
호미를 들어 꽃밭을 일구는
서울 아낙의 어설픈 춤은
생명을 향한 열정을 넘어
영혼에 대한 신화로 거듭나고 있다

밤에 피는 꽃

너는 혹시 나를 위해
이 밤에도 활짝 피어
이렇게 기다리고 있는 거니

오늘 오지 않았더라면
슬픔에 빠진 후
어서 꽃잎이 떨어지길
기원했을지도 모르겠구나

한 가지 색으로만 피면
더 외울 것 같아
하얀색과 노란색으로
옷을 입고 있는 거니

가로등이 없어
색을 구별할 수 없었다면,
그걸 알고 눈물 흘리는
너의 마음이 더욱 아플 뻔하였구나

집으로 돌아카면
나도 너처럼 꽃이 되어 기다린다,
이 밤에 그가 오실지 하여

한 가지로만 살면
그가 나를 그냥 스치고 지나갈까 봐,
여러 가지 색으로
삶의 조각들을 만들고 있어

너는 거기에 서 있는 꽃이고
나는 움직이는 꽃이 된다,
이 밤에 다가온
가득한 너의 향기에 취해

그날 스친 것은 바람이었을까

그에게 다가가기 위한 새벽의 울림 속에서도
가까이에서 바라보려던 진한 열정 속에서도
아무런 흔적도 찾아볼 수 없었다

그런데 그 바람이
스쳐 지나간 듯한 순간
한 상념이 가슴을 훔친다

그가 아니었다면
그의 흔적이 아니었다면
바람처럼 흘러 지나치는
이 삶의 공허를 이겨 낼 수 있었을까?

다시 바람이 분다,
피의 내음도 있고
꽃의 향도 섞여 있는 기운이
성급하게 피다 지는
잔인한 삼월의 꽃을 지나
어린양의 털 위에 머문다

독백, 사월 마지막 날에

시간이 비껴간 듯 밋밋한 내 인생의 골목엔
아직도 그대가 남긴 따스한 온기가 있고
멀리 사라져 간 줄 알았던 그 자국엔
여전히 희망과 우리가 만들었던 길이 그대로 있다

겨울이 오고 또 다른 추위가 온다 하더라도
더 이상 버틸 수 없는 그날이 온다 하더라도
우리는 해야 한다, 그날을 꿈꾸는 것은
너와 나의 소중한 약속이자 희망이었기에

우리가 잃어버린 것은 시간만이 아니었다,
여전히 그들이 남기고 간 상처들이 거기에 있고
아쉬움에 기억을 붙잡았던 자들의 마음 자국이
자리를 지키고 있다

그것은 과거의 일이 아니고
현재의 일도 아니며
미래의 일이다

생명이 다하는 날까지 해야 할 일들을 모아 보자,
그 누가 요구하지 않아도

그대와 나는 이 길을 걸어야 하는 운명의 천사들이기에

오늘도 이 길을 걸어간다

여름의 끝자락에 비가 내리면

여름의 끝자락에 비가 내리면
캠퍼스 울타리에 자리한 산수유가
무게를 달아 보고는
힘을 다해 육즙을 빨아올린다

여름의 끝자락에 비가 내리면
공장 울타리에 있는 석류 열매들이
크기를 재어 보고는
허겁지겁 껍질을 부풀게 한다

여름의 끝자락에 비가 내리면
출근길에 보이는 밤송이들이
숫자를 세어 보고는
덜 채운 밤톨에 저장을 서두른다

여름의 끝자락에 비가 내리면
고향집에 남겨진 감나무엔
덜 채운 채 익은 홍시들이
한가위인가 하여 나를 기다리다가
이내 아쉬움을 삭이고 있을 것 같다

이번 가을

하늘이 저렇게 높아져 가면
대문 옆 탐스럽게 열린 대추가
멍석 위 고추의 붉은빛에
곱게 물들어 간다

하늘을 가리운 은행잎들이
태양 빛에 물들어
노란 기운을 감추지 못할 때
빨간 감들이
하나둘 옷을 벗는다

사랑채 앞에 푸르던 단풍잎들이
제 모습 내보이려고
얼굴 붉혀 부끄러워할 때
나도 내가 되어 간다

물고기의 뱃속에 들어가

사월과 오월의 아픔이 깊은 강물처럼 흐르고
견딜 수 없는 듯 몰려오는 삶의 무게에 눌려
신발을 벗은 자들의 흔적들이 소리치는 강가에서
끝없이 허공을 향해 튀어 오르는 물고기를 바라본다

가진 것의 힘에 눌려
스스로를 가누지 못하고 살아가는 자들을 위해,
물고기의 뱃속에 들어가
물의 흐름과 압력을 느끼고
부레의 크기를 조절하여
자기의 위치를 조율하는 지혜를 배워야겠다

가지지 못한 것에 한이 맺혀
터져 버린 풍선을 움켜쥐고
세상을 향하여 분노를 터트리는 자들을 위해,
물고기의 뱃속에 들어가
플랑크톤과 물만으로도 필요함을 채워
억울하지 않은 삶을 누리는 지혜를 배워야겠다

바보처럼 살라는 뜻을 깨닫지 못하고
자기만을 바라보는 바보가 된 자들을 위해,

물고기 뱃속에 들어가
숨어야 할 때와 물살을 거슬려 올라야 할 때를
머리와 온몸으로 판단하여
함께하는 세상을 만드는 지혜를 배워야겠다

하여, 지혜가 익어 가면 한 편의 시를 쓰고
마음을 같이하는 자들과 책으로 만든 후
새 하늘을 향해 튀어 올라 바람을 잡아타고
그들에게 날아가야겠다

물고기는 사라져도
그 파동은 물속에 끝없이 전해지듯,
시집은 사라져도
따스한 시인의 파장은 마음속에 공진을 일으켜
"삶이 행복하였노라" 고백하리라,
여행이 끝나는 그 어느 날에

태풍의 지혜를 배우며

크고 무거운 비행기를 멈추게 하고
달리는 기차마저 위협하는 큰 바람도
자기의 힘을 믿고서 똑바로 가지 않는다

힘을 모으며 잃어버리지 않으려고
중심을 비운 채 쉼 없이 돌고 돈다

거칠고 무서운 모습이나
안으로 들어가 보면
조용하고 바람도 잔잔하다

높은 산을 넘어 하늘로 날 것 같던
젊은 날의 열기가 사라지고
빈 가슴만 남아 있는 시각에,
마음을 비워 낸 이들이 모여 손을 잡고
돌고 또 돌다 보면
나비의 펄럭임만 같던 흐름이
거센 소용돌이가 될 것 같다

아무것도 없는 상태에서 시작하여
우주가 끝없이 확장된다는 빅뱅처럼,

그 돌아가는 기운이

새로운 세상을 만들어 내리라는 꿈을

한가운데서 심어 본다

가을이 오는 소리

덜 자란 과일이 무서워 몸을 흔드는 진동

귀에서 멀어지는 매미의 절규

나뭇잎이 살짝 떨어지는 소리

그리고
내 마음속의 저주파 진동

새로운 시작

칠 년이 된 선인장이
아래로 부드러운 곡선을 그리며 내려오다가
직각으로 새로운 줄기를 밀어내었다

챗지피티는 정상적인 줄기 나눔이고
토양과 환경 그리고 칠 년경에 발생한다고
처음 듣는 이야기를 해 준다

삶의 흐름도 선인장처럼
부드러운 곡선으로 계속 이어지기를 바라지만
생각하지 못했던 방향으로
새로운 시작이 일어난다

스스로 결정하여 바꾸지 못하는 식물은
숨겨진 암호에 의해 어느 시간이 흐르거나
주어진 것이 달라지면 갑작스레 변화한다

스스로 정하고 행동하며
세상을 휘저을 것 같은 인간도
식물처럼 정해진 때는 아니지만
선인장처럼 전혀 새로운 시작이 되기도 한다

졸업은 새로운 시작을 위한 것처럼
시작은 새로운 졸업을 위한 것이기에,
주어진 방향은 질문의 대상이 아니라
이루어야 할 과제의 토양이라는 생각이
새로운 가지 위에 새겨져 있다

결혼, 그것은 운명적 사랑

스치던 흔적이 만남으로 변하고
숨기던 그리움이 사랑으로 흐른 뒤
함께 만들 꿈들이 눈앞에 그려질 때
그대를 바라보며 시작하는 첫걸음

사랑이었으리라,
희미한 그림자를 발견하고는
한 곳만을 바라보며 찾게 한 것은

행복이었으리라,
강하고 거친 시간대가
부드러운 바람처럼 스쳐 지나간 것은

운명이었으리라,
섭리의 손길이 느껴지는 순간에
내 삶의 모든 것을 그대에게 의탁한 것은

그 이름

바람이 부는 날
머리를 흔들어도
떠오르지 않는 흔적인데

긴 시간 가슴을 훔쳐
호흡을 멈추게 했다는 것이
민망함을 넘어
씁쓸한 기억

어떤 인연

그와의 만남은
젖은 습자지 위에
연필로 그려진 그림으로 정리하고 싶다

강한 바람이나 큰 물이 휩쓸어 가지 않는다면,
언젠가 햇살의 미소에
종이가 마르리라

세월이 흘러
연필 가루가 흩어져 가더라도
그 자국으로 남은 흔적은
숨기지 않아도 될
삶의 소중한 한 조각이 될 것이기에

사랑의 의미

사랑한다고 고백을 하였어도
그때는 알지 못했네,
그 의미를

사랑한다는 말을 숨겼어도
그대는 알았네,
내 마음을

먼 옛날 당신이 훔친 내 가슴에
남은 흔적이
작은 목소리로 가 보라 하기에
그 자국을 따라가 보니
그대의 가슴속에 다다랐네

이미 그 안에 내가 살고 있었네

사랑의 프로토콜[1]

그대와 하나가 될 수 없는 것은
그대를 향한 마음과 열정이 없기 때문이 아니라,
때때로 그대의 말과 행동이
외계의 암호인 양
해독이 안 되기 때문입니다

사랑의 화신인 그대는
사랑의 프로토콜을 사용하는데,
욕심의 노예였던 나는
아직 당신의 프로토콜을
다 배우지 못한 까닭입니다

오늘도 쉬지 않고
사랑의 프로토콜을 조금씩 더 익혀 가는 것은
이미 내 삶을 사로잡은
당신의 사랑 때문입니다

---

1) 통신이 가능하게 하는 규정

마음이 사랑하는 것을

마음이 사랑하는 것들을
자랑할 수 있게 하소서,
아무런 부끄러움도 없이
맑은 마음으로 바라볼 수 있고
그 어떤 가식도 없이
넘치는 기쁨으로 사랑하고 싶기에

마음이 사랑하는 것들을
친구와 나눌 수 있게 하소서,
나만의 유익을 넘어
함께 사랑하는 비밀을 누릴 수 있고
그의 넉넉한 사랑이 더하여져
영원한 열매를 맺고 싶기에

마음이 사랑하는 것들을
세상이 알 수 있게 하소서,
큰 힘에 시달려 지쳐 버린 영혼들에게
아직도 지구는 그 무언가를 사랑할 수 있는
새로운 소망의 터임을 알게 하고 싶기에

나의 마음에게

태초의 안개 속에서 숙성된 흙으로
인간을 처음 만드신 그날처럼,
죽음이 살짝 비켜 지나간 나의 마음에게
태초의 빛을 비추어
생명의 회복이 있게 하소서

흙에서 나온 몸이 메말라 가고
치유된 영혼이 잠들려 할 때도
남아 있는 안개와 빛의 흔적으로
당신의 박동을 느끼게 하소서

심장이 주어진 시간을 채우고
호흡이 태초의 집으로 돌아가는 날
나의 마음에게
당신의 마음과 하나 됨을
허락하소서

네가 아프다는 것은

눈으로 바라보지 않아도
네가 남긴 편지글에서
느낌이 온다

시대의 아픔이라고
쉽게 말하려 하니
사랑이 아닌 것 같아
뇌파가 작동하지 못한다

너만 그런 것이 아니라고
가볍게 위로하려 하니
내 상처의 흔적이
목소리를 잡는다

사랑한다고 하여
그 상처가 내게 오고
넌 아무런 느낌도 없는 모습으로
바뀔 수 없지만,

네가 아프다는 것은
너와 나의 몸과 마음이 하나가 되어

함께 이겨 나가야 할

바로 그 시간이라는 것이다

사과와 같은 사랑

내가 사랑을 안다 한들 얼마나 알까

껍질의 붉은색을 머금을 수 있어도
내일을 위해 씨앗을 안쪽 깊은 곳에 숨기는
그 지혜를 이길 수 있을까

낮은 자극의 향을 남기려 할 수 있어도
사랑을 함께 받으려고 과즙을 골고루 나눠 주는
그 배려를 닮을 수 있을까

사과가 사랑을 안다 한들 내 님의 사랑만 할까

그대를 위한 세마포가 되어

여린 풀잎으로 살 때에는
바람과 물만으로도
행복하였습니다

줄기가 자라 굵어지고
하늘을 향해 두 팔을 벌리던 어느 날
날카로운 칼날에 베임을 당해
어두운 곳에 실려 왔습니다

뜨거운 열기가 몸과 피부를
떼어 놓았고
다시는 만날 수도 없게 되었습니다

잠에서 깨어 보니
껍질은 몸통처럼 고운 색이 되었고
가는 실이 되어 감겨 있었습니다

삶이 스스로 만들어 온 것은 아니지만
한 조상이 세마포가 되어
그분의 마지막 육체에 위로가 되었던 것처럼,
그대를 위한 세마포가 되어

삶이 다하는 날까지 따스함을 전하고
같이 흙에 묻혀
녹아 사라지는 그날까지 함께하고 싶습니다

넌 나에게 무슨 의미

넌 나에게 무슨 의미냐고
묻지 말라,
네가 그 의미를 느끼지 못한다면
나에게 다가온 너의 의미는
이미 진실이 아니기에

심장의 주파수

내 님은 사랑이라
그를 만나려 하니
내게도 사랑이 있어야 함을 알았네

사랑이 있는 줄 알고 만나려 하니
심장의 주파수가 달라
그 음성을 들을 수 없었네

내 사랑은 사랑이 아니라 하여
홀로 눈물 흘리니
그가 다가와 심장을 고쳐 주며
그 리듬을 잃지 말라 하네

그대와 나의 거리

그립다,
이제 막 며칠이 지났지만

그대를 만날 수 있는 쿠폰이 있다면
성급하게 한 장 써 보고 싶다,
그 어떤 꾸지람도
쉬이 이겨 낼 수 있을 것 같으니

죽음이 그리 먼 것이 아니라고
영화에서는 말하지만,
바이러스가 떼어 놓은 거리보다
한참 더 먼 것을 부인할 수 없다

그대는 가리라던 곳으로 가고
나 또한 내 자리에 돌아왔지만
가지 않음과 가지 못함을 나누는 거리는
내가 만든 줄자로 잴 수가 없다

난 너에게 겨울비로

난 너에게
오늘은 겨울비로 다가가고 싶다

여느 때처럼 눈이 되어 내려와
가슴을 설레게 하고
한바탕 웃음을 줄 수도 있으련만,
눈물이 감추어지길 바라기에
비가 되어 내린다

몸이 젖은 후 추위가 오면
아픔이 더 오래갈 수 있지만,
너의 슬픔이 너무 무거워
눈까지 쌓여 버린다면
날아가지 못할 것 같아
차라리 비가 되어 내린다

훨훨 날아가다 보면
비도 그치고
물로 씻겨진 슬픔이
젖은 몸과 눈물처럼 사라져 간 후
너는 봄을 이야기할 수 있을 것 같다

마지막 고백

지우개로 지우려다 지워지지 않아
시간으로 지워야 했던
옛사랑에 대한 흔적처럼
더 이상 남아 있지 않은 줄 알았는데

태초에 흙으로 만들던 순간 깃들었나
기억은 따스한 바람에
미이라에서 나온 씨앗처럼 싹이 나오고
삶이 흔들리는 주파수에
소리로 변한다

그대의 숨결이 느껴지고
입으로 나오는 것은
영원히 떠날 수 없다는 고백

그리움

이것은 반란이다,
잠자기로 약속한 조각들이
흩어져 갈 시간대를 미리 훔쳐보고
억울한 듯 흔들어 대는 몸짓이다

직선으로 날아갈 것 같은 철새들이
한참을 돌아서 집으로 가는 것도
돌아갈 집이 그리움으로 가렸을 때에는
곧바로 날아가다가
안개처럼 사라지면 멈칫거리며
돌아가야만 하는 이유를 다시 묻고
망설임에 한 박자를 쉰다

그렇지만 그립다,
사라질 꿈이 아직 저만큼 남아 있기에
오늘도 한 개의 그리움을 꺼내어
반란의 불에 기름을 붓는다

내 삶의 소중한 기록

아침 해가 솟아오르는 이른 아침에
오늘도 해를 바라볼 수 있는 건
그대가 내 곁에 있는 까닭이라오

비가 오고 안개가 낀 날에도
내 손을 잡은 그대에게 이끌려
하염없는 기다림의 동굴을 지나왔어요

삶은 왜 이처럼 흐린 날이 많고
지치게 하는지 몰라도
그대와 함께하는 날들은
내 삶의 소중한 기록이라오

오늘도 그대의 손을 잡고
저 태양의 미소를 함께 바라보니
꿈속과 현실이 다른 게 아니라네

그대의 얼굴에 스민 저 햇살의 미소만 있어도
세상은 살아갈 만한 무대라오

활주로에서

피의 목마름인가,
죽음의 배고픔인가
아니면 이 세대가 채워야 할 몫인가

바다가 삼켰고 도시가 짓눌렀는데,
아직도 다 이르지 못한 듯
하늘이 울부짖는다

가을은 저만큼 멀리에 있는데
푸른 잎의 가지들이 툭툭 부러져 나가고,
칼을 숨기며 욕망의 불을 끄지 못하는 흔적이
땅을 흔들고 있다

운명의 수레바퀴를 두려워 말라는 키케로의 목소리가
기진맥진하다가 잠시 숨을 고르는 소녀에게
마녀의 조롱처럼 들려온다

호흡을 하게 만든 이가
숨을 멈추게 하는 나라를
허락하지 않는다는 생각이 가슴을 스칠 때,
비행기가 활주로에 이르렀다

활주로에 왔어도
달리기에 여한이 없어야 날아오를 수 있고,
허락된 시각에 이르러야만
출발할 수 있다는 작은 깨달음이
머리에서 가슴으로 향한다

조각가의 얼굴

기억하려는데 그대가 보이지 않는 것은
추억의 페이지가 적어서가 아니라
함께 울리는 진동이 미약하기 때문입니다

이른 아침 그대의 편지를 읽고
어제의 일들이 그려진 마음속 종이에서 흔적들을 찾아
책상 위에 펼쳐진 노트의 정해진 자리에 채워 넣은 후
꼭 하고 싶은 이야기를 채워 갑니다

스피커와 마이크를 켜고
눈을 감은 채 생각 없는 듯 말을 하다가
조용히 귀를 기울이고
들리지 않는 소리의 주파수를 느끼려 합니다

오늘도 사초처럼 기록될 빈 종이 한 장을 펴 놓고
커피 그라인더를 향하며 발걸음을 시작합니다

커피의 향기를 느끼는 여유도 없이
액체가 혀를 자극한 후 식도를 스치듯 지나가면
기억의 창고 속에 코인 하나를 던져 넣습니다

추억은 책장을 채워 가는
손 글씨로 쓰인 공책에 있지 않고
커피 코인 옆 그릇에서 집을 짓습니다

그릇이 가득 채워지고
탑인 양 키만큼 높이 쌓여 있는
지나간 날들이 그려진 종이 위에
그대의 빛이 비치는 그날을 기다립니다

섬뜩하게 드러난 비밀을 본 후
다가온 떨림에 어설픈 조각들이 떨어져 가고
흐르는 눈물에 시커먼 흔적이 씻겨 나가면,
남겨진 내 인생의 조각상 속에서
조각가의 얼굴이 보일 것 같습니다

침묵에 갇힌 아픔을 위하여

아프다는 말은
치유할 수 있을 때 나오는 것이기에,
치료자를 찾지 못한 말은
침묵이 되어 버렸다

죽음을 탐구하면 생명이 보인다는
한 철학자의 이야기가
시인의 가슴에 나비처럼 다가온다

봄이 오는 마당에서는
죽음과 생명이 하나가 된다

이미 죽음을 허락한 갈대가
아직 어린 새싹을 위해
마지막까지 자리를 지키는 모습에
마음이 깊게 빠져든다

아픔도 치유와 하나가 되기 위해
스스로 백신이 되어야 한다는 생각이
시인의 영혼을 공진하게 하고
그 파장은 광풍처럼 침묵을 흔들기 시작한다

내 마음을 훔친 것은

겨울의 끝자락에서 눈 덮인 산을
한 번 더 보고 싶은 마음이
관악산을 오르게 한다

흩날리던 눈이 시커먼 나무에
바람의 자국을 화가인 양 그려 놓았던 흔적이
다시 이 산으로 오게 했다

추위가 힘을 잃은 까닭인지
눈보라의 흔적은 사라지고,
나뭇가지 위의 눈마저 녹아 가니
겨울은 아쉬움에 그대로 얼려 놓았다

눈꽃이 눈인 줄 알았는데
속 모습을 보니 얼음이었다

얼어붙은 가지들이
죽은 줄 알았는데
생명이 그 안에 잠자고 있었다

내 마음을 훔친 것은
생명이 아니라
차가운 눈과 얼음이었다

산을 내려올 때 눈에 다가온
높은 건물들이 훔쳐 간 것에 대한 상념이
봄바람이 되어 불어온다

싸우는 자의 기쁨

얼마나 많은 시간을
내면으로 침공하는
기다려야 한다는 세력과 싸워야 하는가

운명의 수레바퀴가
가야 할 길을 찾아가겠지만,
빠져나가는 방향을 알 수 없는 시각엔
더 이상 고삐를 잡고 채찍을 휘두르기를 거부한다

지나친 생각이 나를 삼킨 것일까,
아니면
설계자가 긴 호흡을 곳곳에 넣은 것일까

소화되지 못한 꿈들이
기다림에 지쳐 사라져 간 후
흔적처럼 보였던 그대의 형상이
싸우는 자의 기쁨을 깨닫게 한다

시는 마음이 이어진 편지

풍선처럼 부풀어 오른 마음에
차가운 바람을 불어넣어
설익은 살점을 도려낸 후
다시 따스한 햇살이 가득한 날에
깊은 물 속에 한참 동안 담가 놓는다

가슴을 이기지 못하는 글귀들이
어설픈 자리에서 떠나가고
미약한 신호 같던 리듬이
안개 속에서 커져 가는 뱃고동처럼
온몸을 공진시킨다

숨겨진 나의 외침이
진동을 이기지 못해 끝내 사라지고
삶의 자리에서 전해진
다른 이야기들이
내 호흡이 되어 박자를 조율한다

마음이 이어져 쓰여진 편지는
어제의 그대와 오늘의 나를 이어 주고
내일은 그대의 숨결 속에서
나의 목소리처럼 읽혀지리라

터널과 동굴

오늘도 새로이 주어진 길을
자연스레 달려간다

어둠이 시야를 가려서
조심스레 가다가
멀리 바라다보니
끝을 가늠할 수 없다

터널인가
아니면 끝이 없는 동굴인가

방향마저 혼란스러운 시각
눈을 감고 깊게 숨을 쉰 후에
앞으로 나아간다

출구가 곧 나오리라는 생각이
앞서 달려가고
벗어날 길이 없는 동굴이라는
무게감이 엄습한다

빛이 보이고
하루가 문을 닫는다

날마다 이 길을 가는 것은
터널을 통과 중인가
아니면 돌아올 수 없는
긴 동굴로 들어가는 나선형 띠를 따라
돌고 있는 것인가

삶의 조각

또 한 칸을 채우려는데
색깔이 달라 머뭇거린다

바람 탓일까
크기는 꼭 맞는데 물결처럼 흔들려
그 칸에 채우면 부족할 듯하다

내일은 건축사를 모셔 와
네모나지 않은 새로운 창으로
만들어 줄 수 있는지 물어봐야겠다

내 인생의 서사시

꿈을 꾸었네
날지 못했네,
어느 날 다가온 아픔 때문에
이어지는 날들이 우울해지고
가는 길을 더 이상 가고 싶지 않았네

꿈을 꾸었네
다시 걸었네,
친구가 보내 준 편지 때문에
다가오는 날들이 힘들다 해도
나의 인생 이제는 포기하지 않으리

그날이 다시 와도
또다시 용기를 내어 걸어 볼 거야,
뚜벅뚜벅 걷다 보면
달려가는 내 모습이 보이네

그려 보았네
달려갔었네,
하늘이 허락한 기회 때문에
운명이란 누구나 기회를 주네
여러 가지 열매들이 나의 삶에 가득해

그려 보았네
날아가려네,
새롭게 다가온 그 꿈 때문에
한 번 사는 인생에 후회가 없이
함께하는 사람들이 행복하게 살도록

그날이 다시 와도
또다시 용기를 내어 뛰어 볼 거야,
거침없이 뛰다 보면
날아가는 내 모습이 보이네

위대한 서사시

아직은 밤이 아니라고 외치던 흔적이
가슴에 그대로 남아 있고
암울하던 시대를 살아 내기에 숨이 가쁘던 거친 호흡이
기억 속의 그때인 양 살아 있는데,
벌써 스무 해를 넘기고 또 다섯을 더한 생일이 되었습니다

그대를 몰랐기에 기웃거리는 것조차 멀리하던 날에
알 수 없는 힘으로 이 마을로 들어서게 하셨고
만남을 시작하면서 길 잃고 방황하던 나그네는
집 짓는 것을 배우기 시작했습니다

무엇을 먹을까보다는
무엇을 위해 호흡해야 하나를 고민하던
사치스러운 젊은 날의 시간대에서는
살아야 하는 이유를 듣게 하셨고,
삶을 영글게 하는 아픔이 가득한 삶의 자리에서도
세상을 소화시키는 지혜를 배우게 하셨습니다

다 떠나고 열둘밖에 남지 않았던 그 자리처럼
두 눈을 빼어 줄 듯하던 삶들이 바람처럼 사라질 때

고독한 문지기로 남아 마을을 지켰고
무력해진 모습에 힘을 잃던 자리에서도
까마귀가 물어다 준 고깃덩이를 눈물에 적시어 먹으며
푸르고 고운 하늘을 바라다보았습니다

콩나물에 물이 다 빠져나가도 그 스침으로 자라듯
욕심이 빠져나간 이 터에
인생의 멀미를 느끼는 흔적들이 뿌리를 내리기 시작했고
새벽을 깨우려던 사람들은
당신이 지시한 땅의 역사를 생각하기 시작했습니다

묵시록의 암호를 해독해 가며
거룩한 바람의 열기로 설익은 가슴을 익혀 왔고,
다섯 조각의 빵과 물고기 두 마리를 모아
작지만 가슴을 뭉클하게 하는 움막을 마련했습니다

헌 집을 사들여 새집을 만들어 가며
앞으로 지어야 할 보이지 않는 건물을 꿈꾸었고
오늘 새 터에 모인 우리는
두 집에서 기록할 위대한 서사시를 미리 써 보고
당신의 미소 가득할 그날을 기대하며
벅찬 가슴으로 그대 앞에 서 있습니다

우리에게 호흡이 남아 있다는 건

죽음이 다 채워지지 않은 탓일까,
마지막으로 새 옷을 입고
작은 상자로 옮겨질 때
만져진 몸의 부드러운 느낌이
아직도 살아 있음을 말하려는 듯하다

한 줌이 좀 넘는 재가 되기 전에
타고 남은 뼈들이 눈앞에서
육체가 남긴 마지막 모습으로
작별을 고한다

오랜 시간을 두고
이별과 그 이후를 배우려 했고
지구에서 주어진
성스러운 만남과 헤어짐을 위해
넉넉히 마음을 채워 보았지만
그래도 그대를 쉬이 보내기 어렵다

그대는 가고
우리에게 아직 호흡이 남아 있다는 건
주어진 삶의 자리에서

오늘을 그분의 뜻대로 살아 내고
이어 갈 세대에게
또다시 전해 주기 위함이 아닐까

호흡이 필요한 세상에서 마지막 흔적은
호흡이 없어도 살아 있는
다음 세상과 이어 주는 어드레스인 양
하늘의 신호가 선명한 곳에
자리를 잡아 머무르고 있다

극미량의 힘

펄펄 끓는 쇳물에 넣는
극미량의 마그네슘 차이로
전혀 다른 철이 되고

육체에 들어온
측정하기 어려운 만큼의 호르몬이
살아 있는 것을 전혀 다른 존재가 되게 하며

보이지 않는 바이러스와의
가벼운 스침으로도
목숨을 잃을 수 있는 것처럼

시인이여
아무도 알아줄 것 같지 않은
작은 글귀라도
그대의 가슴을 울리며
흘러나온다면
사람을 살리고 세상을 변하게 하는
씨앗이 될 수 있는 것을 기억해 주오

행복은 아픔을 느끼지 못하게

갑자기 시끄러운 소리가 들려
주머니에 손을 넣어
귀마개를 찾는다

여느 때처럼 비행기를 타고
귀를 막지 않은 채
넘쳐 오르는 시상을 기록하다 보니
잊고 있었다

쓰여진 시가 마음과 조율되고 난 후
큰 소음이 들려 귀를 막을 때,
한 깨달음이 스치고 지나간다

행복은 아픔을 느끼지 못하게 한다,
좋아하는 것을 할 때
싫어하는 소음을 느끼지 못하듯

퍼즐을 풀어 가는 그대에게

오직 한길로 살아왔다고 하기엔
아쉬움이 많은 탓인지,
코로나마저 더더욱 힘겹게 하는 병상에서
십 년이 가까운 날들을 퍼즐처럼
말없이 채우고 있는 그대를 봅니다

문학 소년이었을 때 찾아온 신장염으로
학교로 가는 길을 잠시 쉬었던 아픔과
감출 수 있기에 눈의 연약함을 녹여
리비아의 건설 현장에서 호령하며
젊음의 반 토막 빈칸을 채웠던 그대여

푸르던 여름의 색채가 가을에 화려하게 변하고
겨울이 오면 하얗게 칠해 보다가
봄의 새잎을 보아야 나무를 아는 것처럼,

그대와 함께 만들어야 할 시간으로
반쯤 남은 퍼즐 조각들을 채운 후에
새겨진 하늘의 암호를 해독하며
눈물로 기뻐할 것입니다,
하늘에서 오는 바람이 오늘 말해 주듯이

시인으로 살고 싶은 친구여

허리가 꾸부정한 그대여,
인생의 무거운 짐을 혼자 지려 하지 마오

바람이 다니는 길은 따로 없지만
뜻이 없이 방향을 바꾸지 않는 것처럼,
그대 위에 놓일 무게도
하늘의 계획에 따라 주어지기에

잠을 이루지 못하는 그대여,
쓰려는 글에 모든 것을 담으려
얼마쯤 남은 삶의 조각을
다 부어 넣지는 마오

천 년이 두 번 지난 후 읽히는 글도
문을 닫은 사람에게는 공허할 뿐이지만,
가슴을 설레게 한 후 머리를 지나온 시라면
누군가를 죽음의 방에서 벗어나게 할 것이기에

애태우다 서글퍼하는 그대여,
세상이 알아주지 않는다고 하여
그들이 원하는 대로
주파수가 다른 것을 쓰려고 하지 마오

허무한 말로 인해 한없이 떠들던 끄적거림은
열기가 그치면 숨을 곳을 찾지만,
죽음이 지나간 후에 세상이 맛을 느낀 작품은
바람의 방향을 바꿀 수 있으며
영혼이 담긴 그대의 시는
다시 천 년을 기다릴 수 있기에

시를 사랑하는 친구여

시를 사랑하는 친구여,

짧은 글 속에 큰 세상을 품었는지
하늘을 바라보며 넉넉히 살펴보오

삶의 흔적이 새겨져 있는가를
바람 소리를 들으며 깊게 새겨보오

한두 구절에 이끌리어
의미 없는 단어로 빈칸을 채웠는지
차 한 잔 마시고 읽어 보오

고통을 이겨 내기 힘들어
눈을 감고 읊은 것인지
거울을 보고 말해 보오

읽을 이의 가슴에
어떻게 그려질지 안경을 바꿔 쓰고
하얀 도화지 앞에서
조용히 바라다보오

그대가 시를 사랑하는지,
사랑받기를 원하는지
비 오는 날 창문을 조금 열고
마음의 소리를 들어 보오

시인이여, 당신은 행복한 사람입니다

겨울이 가을을 반쯤 머금은
아직은 한 귀퉁이에 온기가 남아 있는 오늘
마음을 곱게 다듬어 시를 쓰고
시화전을 하는 그대, 시인이여
당신은 행복한 사람입니다

주머니에 동전도 없고 바구니에 빵은 없어도
사라져 가려는 영혼들에게
한 소절의 생명을 살리는 시를 써 줄 수 있다면
그대, 시인이여
당신은 행복한 사람입니다

그대의 시를 알아주는 이가 적어도
한두 사람이 가슴을 파고드는 그 무엇 때문에
눈물을 감추지 못하였다면
그대, 시인이여
당신은 행복한 사람입니다

세상은 그렇게 살기 쉽지 않으나
맑은 가슴과 깊은 눈으로 살아
보이지 않는 세상의 복을 받았다면

그대, 시인이여
당신은 행복한 사람입니다

나이를 말하지 않고
소박한 꿈을 꾸던 그 시절처럼
영원히 해맑은 영혼을 지켜 가며
새로운 시를 써 가는
그대, 시인이여
당신은 행복한 사람입니다

하늘 장막을 살짝 찢어서

하늘의 끝이 있는지
엄마에게 묻던 어린 소년은
인생의 한 바퀴를 돌고 난 후
비취색으로 칠해진
하늘 장막을 살짝 찢어서
그 너머에는
무엇이 있는지 알고 싶어졌습니다

끝이 없이 펼쳐진다는 우주를
유한의 안경을 쓰고서는 이해할 수 없기에
열린 구멍으로 고개를 살짝 내밀어
맨눈으로 확인하고 싶습니다

먼 옛날 사람이 만든 하늘 장막이 찢어진 후
그대와의 만남이 시작된 것처럼,
당신이 만든 하늘 장막을 찢어
심장과 영혼의 울림을
항상 나눌 수 있는 카이로스를 시작하고 싶습니다

손가락에 대한 묵상

손가락에
몸속의 숨겨진 기관들이 모두 이어져 있다는
의료 잡지의 짧은 글을 읽는다

뜨거운 물과 타오르는 불에
무모하게 내미는 것을 보며
무서움을 모르는 아이인 줄 알았는데,
이어진 장기를 보호하려는
엄마란 걸 알았다

세미한 진동과 촉감을 느끼는 것을 보며
작은 소리에도 놀라 우는
어린 아기인 줄 알았는데,
다가오는 위험을 미리 파악하고 알려 주는
어느새 다 커 버린 청년이란 걸 알았다

현란한 움직임에 댄서가 되려 하는
어린 딸인 줄 알았는데,
온몸을 위해 먹을 것을 마련하는 아빠란 걸 알았다

땅 위에 사는 사람에게
하늘의 보이지 않는 세상이 이어져 있다는
두꺼운 책을 읽는다

짙은 연민으로

어려운 글을 배울 수 없어
가난과 비천의 굴레를 벗어나지 못하는 백성을 위해
글자를 만드는 데 왕좌를 걸었던 분의 마음을 듣고

옷과 이불이 없어 추위에 시달리는 아이들을 위해
목화꽃이 그 어느 꽃보다 아름답다고
감히 대답한 왕자의 체온을 느끼며

근거 없는 지도에 목숨을 잃은 나그네를 위해
전국을 떠돌며 산과 강을 확인한 사나이의 동무가 되기
위해
홀연히 길을 떠난 옛 스승이 속삭인다

바이러스가 사라지길 막연히 기다리지 말게,
그대의 약한 자에 대한 짙은 연민만이
새로운 세상을 열어 갈 수 있네

번개 맞은 골프공

골프공이 벼락을 맞았다는 기사에
마음이 머문다,
공이 번개를 친 것일까
아니면 번개가 공을 친 것일까

내가 만들어 가는 꿈을 채운 공은
운명의 번개를 만날 수 있을까

번개가 다가올 것 같은 구름은 보이지 않고
가득 채웠던 꿈은 공 밖으로 새어 나와
잘 튀어 오르지 않는다

높이 튀어 올라야 번개를 만날 수 있는가
아니면 번개를 맞아야 멀리 날아갈 수 있는가

공 속에 꿈을 다시 불어넣으며
멀리 하늘을 바라본다

살아 있음의 색채

오늘도
싱그럽고 연한 초여름 빛깔로
살아 있음의 한 조각을
색칠하게 하소서

넉넉하고 감미로운 플루트 소리로
살아 있음의 한 소절을
노래하게 하소서

잘 익은 열무김치의 칼칼한 맛으로
살아 있음의 한순간을
음미하게 하소서

가슴을 흔드는 하늘의 기운으로
살아 있음의 한 길목을
채우게 하소서

하여,
인생의 흐름이 다 끝나기 전에
당신 앞에 서 있는
이 한 있음이
살아 있음의 찬연한 색채 속에
넉넉히 젖게 하소서

맨발로 뛰어라

화사하지만 거추장스러운 신발을 신고
카메라를 피해 숨는 것은
발이 아니라 온몸에 날아오는 느낌을
이겨 내기 어려운 까닭이리라

신발이 만들어진 이후
몸이 자연과 격리되어
건강이 악화되기 시작했다는 이야기가
흙길 위를 맨발로 걷게 한다

한 시간 걷기를 반복하다가
어느 날 맨발로 가볍게 뛰어 본다

한 시간 걷는 거리를 뛰어가다가
운동화를 사용하면
두 배 거리를 달려갈 것 같은 생각이 들어
운동화를 신고 달려 보니
수 분이 지나니 헉헉거려 뛰기를 멈춘다

아직 단련되지 못한 몸이
푹신한 밑창과 보호대를 믿고
힘껏 달려가는 모습이
스크린 속 여인의 실루엣과 하나가 된다

영혼을 흔들 만한 것이
새로운 세상을 열어 준다고 하더라도
그 암호를 해석하지 못한다면
차라리 맨발로 뛰어라

해맑음의 흔적

해맑은 미소를 지었지만,
맑지 않은 미래를 향해 떠난 지
오십 년이란 긴 시간이 흘렀습니다

육 학년이 되어 어른이 된 줄 알았는데,
낯설고 험한 세상에 나오니
다시 어린아이가 되어
새로운 호흡법을 배워야 했습니다

급하게 흐르는 강물을
슬기롭게 거슬러 올라가기도 하고,
거친 파도에 지쳐 한동안 쉬어 가는 길을 가기도 했습니다

인생의 한 바퀴를 돌아왔기에
알아보기 어려운 얼굴은 있지만,
마음과 추억을 잃어버린 가슴은 없습니다

세상은 자기의 잣대로 인생을 재어 보지만,
그 해맑음의 흔적이 남아 있다면
그대는 가장 아름다운 삶을 살아 낸 것입니다

아픔이 있다면,
먼저 사라진 친구와
인연의 끈을 스스로 잘라 버린
동무가 있다는 것입니다

인생의 수레바퀴를 새롭게 돌리고 있는 친구여,
아직 밤이라 하기에는
넉넉한 날들이 남아 있으니
후회 없는 인생을 완성하기 바라오

허나,
이제는 멈추고 돌아가야 할 시간이
갑자기 올 수 있기에,
새로운 나라의 예법을 미리 배워야 한다는 지혜를
꼭 기억해 주오

역사는 가슴과 기억을 통하여

광화문 광장에서 어제 일어난 일도
전혀 다른 기사가 인터넷으로 전달되는데
천 년이 지난 토기와 뼛조각 몇 개가
진정 진실을 말한다고 할까

흐릿한 안경 너머로 보이는 사람이
마스크로 인해 모르는 사람이 되었는데
빨간 안경을 쓰고 본 사람의 이야기가
삶을 바꿀 수 있을까

우리의 가슴으로 소화하고
우리의 기억과 조율하지 않는다면
종이에 쓰인 기록이 다가올 후손들에게
뼈를 깎는 아픔도 참아 낼 수 있는
지침서가 될 수 있을까

카이로스 자전거

앞바퀴엔
빨리 가는 시계가 달려 있고,
뒷바퀴엔
천천히 가는 시계가 달려 있다

방향과 속도는
두 바퀴가 주장하지 못하고,
타고 가는 사람의
힘과 마음에 따라 정해진다

다시 시작하는 한 바퀴

바람이 시간을 빨리 흐르게 한 것도 아닌데
벌써 한 바퀴를 다 돌아왔다고
숨겨진 시계는 말한다

아버지는 두 번째 바퀴를 시작할 때
이틀간의 잔치까지 하였으나
반 바퀴도 다 채우지 못하고
이 세상 소풍을 마쳤다

이십을 세기도 전에 다가왔던
죽음의 그림자를 떠나보낸 후 찾아온
선혈을 내보이던 육체의 위기와
절망으로 스스로 시간을 조정하려던 아픔 시간대도
소나기처럼 지나갔다

운명을 거스르려 했던 젊음의 패기도
또 다른 힘 앞에 조용히 무릎을 꿇고
하늘의 끝이 있느냐고 물었던 아이는
하늘 그 너머를 바라보기 시작했다

아직은 끝이 아니라고 절규하던 청년은
보이지 않는 세계와 들리지 않는 나라를
보고 들으라고 외치고 있다

큰 우주를 바라보며
높은 산을 오르려 했던 나그네는
위대한 성공이란 무엇인가를 묵상하고 있다

때로는 따스한 기운에 높이 튀어 오르기도 하고
차갑고 거친 바람에 가방을 잃어버리고
가던 길을 멈추었던 기억이
시간의 흔적인 양 남아 있다

한 바퀴를 더 돌아야 한다는 묵시는 아니지만
그분의 뜻이 땅에서도 이루어지길 기도하라며
나에게 주어진 시나리오가
물에 젖은 대본처럼 어렴풋이 보인다

오늘도 비행기를 타고
일주일이라는 작은 바퀴를 시작하며
인생의 활주로를 다 달리고 떠오르는
그날을 그려 본다,
아래로 보이는 우주에
여한 없는 안녕을 전하며
새로운 도성에 들어가는 행복한 카이로스를

인생은 활주로

한 옛날 성을 돌며
무너지기를 기다린 사람도 아닌데
들어갈 수 없는 공원의 토담 밖을
두 번 돌며 하루를 계수하고

출근길처럼 공항으로 향하는 발걸음은
한 번을 돌며 일주일을 기록하며

울음소리로 시작한 아이는
자기의 작은 소리와 남은 자의 큰 울음소리로
여정을 마무리하리라

오늘도
그 옛날 그 성처럼 쉬이 들어갈 수 없는 공원을
돌고 또 돌아보다가 하늘을 바라보며 외치니,
공원 흙담이 아니라
마음속에 쌓아 온 성이 무너진다

눈이 밝아지고 새로운 깨달음이 다가온다,
한 번 돌면 끝인 줄 알았던
세상 한 바퀴는
끝없이 날아가기 위해
활주로 위를 달리는 것이라는

남원으로 가는 길목에서

자동차가 십칠 번 국도에 들어서면
아직도 멀었는지 계속 묻던 아이들에게 들려줄
함께 가야 하는 이야기를 만들지 못해
홀로 아침 이른 시간에 버스를 탄다

먼 길에 지쳐 도착할 때면 언제나
환하게 웃으시는 아버지와
마을과 예배당을 영원히 지킬 것 같던 형아는
이제 사진 속에 남아 있다

부엌문을 가리키며 엄마에게 이야기한
어린 시절의 꿈은
시멘트 집으로 변해 버려
마당과 개울가에 숨어 있다

축제를 위해 돌아오던 황톳길은
추모를 위해 방문하는 아스팔트 길로 변했고,
땅에 있는 고향보다
저 높은 곳에 있는 고향에 가는
보이지 않는 길이 마음을 지배한다

아직 꿈을 꾸어도 될까

청년처럼 꿈을 꾸는
한 나그네는 안경을 벗고
펜을 들어 본다

가슴은 많은 그림을 토해 내고 있는데
머리는 흔들거리고
손은 펜을 다시 내려놓는다

정말 숫자에 불과하다는 말을
믿어도 될지 몰라
차가운 바람으로 가슴을 식혀 본다

가졌다는 것들을 헤아린 후
남은 시간과 팔목의 힘을
조용히 눈을 감고 견주어 본다

인생과 운명은
또 다른 힘이 지배한다고 하지만,
숨길 수 없는 여망은 그 힘에게
편지를 써야 한다고 말한다

겨울이 봄을 이야기하지 않아도
튀어 오르는 안양천의 물고기처럼
하얀 종이 위에 그림을 채워 간다

삶의 길이에 대하여

태어날 때 물려받은 정보에
노이즈가 섞여 늙어 간다는
과학자의 이야기에 마음이 간다

긁혀 흐트러진 음반의
디지털 신호를 다시 살리듯,
새롭게 정보를 써 주게 되면
환갑을 맞는 해 태어난
손녀처럼 피부가 고와질까

뼈와 살이 흙에서 왔기에
본향에 돌아갈 암호는 지울 수 없겠지만,
얼마를 살아야 부족함이 없을까

삼십삼 년 동안에
다 이루어 낸 이를 기억하고
태초에 암호를 만든 설계자 앞에
어리석은 마음을 내려놓는다

당신의 시간

주여, 당신의 시간이 되었습니다,
우리가 가득 채운 물동이들을
이제는 변화시켜 주옵소서

삼십의 세월이 흘러가는 동안
우리가 흘렸던 눈물을 모아
빈 항아리를 채웠고
지친 가운데 당신을 통해 보았던 꿈들을 모아
빈집을 지었습니다

채울 수 없을 것 같았던 영혼의 밭에
새파란 싹들이 파릇파릇 자라나고 있으며
다 떠나 텅 빈 들녘 같았던 삶을 나누는 자리에선
드러나지 않은 곱고 사랑 가득한 가슴들이
한 평 두 평 그 땅을 예약하고 있습니다

십여 년 전 구워 주셨던 생선을 먹고
다시 힘을 찾은 우리는
당신이 주신 이 묵시록을 읽으며
새로운 가슴으로 무릎을 꿇어
우리의 터를 옥토로 만들어 가고 있습니다

또다시 삼십 년이 흘러

이 터는 육십이 되고

나그네는 팔십이 되는 그날을 그려 봅니다

지금은 항아리에 채워진 물처럼 아귀까지 차올랐는데

그 시각엔 일꾼의 밥그릇처럼 소복하게 가득 넘쳐 나고

더 이상 오를 수 없는 열매들이

억제하지 못하는 향기를 내뿜으며 노래를 부르겠지요

반역한 아들 압살롬을 미워하지 못했던 다윗처럼

미워하여야 하지만 사랑하기에

배부름과 평안함을 저기 먼 곳으로 보내지 못하는 흔적들이

그날 당신의 시간이 기다려지게 되면

아픔을 사랑으로 이해하며

더 이상 눈물을 흘리지 않겠지요

더없이 아름다운 생을 살아온 나그네도

그대 옆에 누워 누구냐고 물었던 요한처럼

또 다른 페이지를 호기심 많게 물어보겠지요

주여, 이제 진실로
당신의 시간이 되었습니다,
우리가 한 것이 아무것도 없다는 것을
깊고 넓게 알고 고백하오니
넉넉한 그 사랑으로 다가오는 시간대를 위해
거룩하고 새로운 불을 일으키소서

늦지 않은 새로운 시작

중년을 넘은 어느 날
아직 끝이라고 말할 수 없다며
홀로 길을 떠난 나그네

돌보아야 할 아이들과 아내를 두고
새로운 세상을 말해 줄
스승을 만나러 길을 떠난 영혼

약속된 것도
이루어질 미래도 밝히 보이지 않지만
다가올 세대를 위해
기꺼이 삶을 걸었던 흔적은 소리친다

바이러스가 세상을 흔들어
내일을 흐릿하게 할 때
새로운 시작을 만들어야 할
거룩한 후손은 어디에 있는가

아낙네의 마음으로

한 토막의 새로운 시간대를 여는 아침
또 하나의 돌을 찾아 집을 나선다

아낙네의 마음으로
바람에 가벼이 흔들리지 않고
타인의 스침으로도 넘어지지 않는
탑을 쌓아 간다

높고 아름답다고 하여도
세상이 쉬이 변하지 않지만,
거친 돌을 다듬어
멈추지 않고 올려놓아 가면
천 년을 지켜볼 눈이 될 것 같다

올라가는 돌이 작아지고
기력이 쇠잔해져 가더라도
숙명인 양 계속되어야 한다,
건축자의 거룩한 계획이
주어진 시간 속에 기록되어 있기에

크리스마스는 크로노스가 아니다

크리스마스는 시간이 지나고
그날이 되어 온 것이 아니다,
그가 나를 위하여
죽음의 길을 시작하러 왔기에
시작된 것이다

올해도 크리스마스가
스쳐 지나가는 일이 되지 않으려면,
누군가가 다른 이를 위해
사람들이 가려 하지 않는 길을
기꺼이 출발해야 한다

아무도 가지 않으려 한다면,
혹시 그대가?

홀로 크리스마스

가끔은 생각을 많이 하는데도
보여 줄 수 없는 삶이 있다

모두들 즐거운 시간이 되어도
비켜 지나가고 싶은 순간이 있다

만나고 싶은 사람들이 모이는 날에도
전화를 걸 수가 없어
홀로 지새는 경우가 있다

지금이 가장 소중한 삶의 부분이라도
내일을 위해
잠시 창고에 넣어 두는 때가 있다

홀로 보내는 크리스마스가
오늘은 아쉬워도
그날에 부를 노래를 위해
마음을 조율한다

새해를 준비하는 산행 길에서

춥다는 말은
살포시 다가온 햇살에
관악산 계곡을 흐르다 얼어붙은
얼음장 밑으로 숨어 버렸다

힘들다는 생각은
스쳐 지나간 백발에
처음 따라와 지친 등산객의
한숨 뒤로 숨어 버렸다

어느 길을
얼마나 더 가야 할지
모른다는 마음은
가파른 계곡을 바라보며
숨을 곳을 찾는 것은 아닐까

하바롭스크에서

우리의 옛 동족들이
인간의 한계를 이겨 내고
사람이 사는 땅으로 만들었다는
하바롭스크역에 내린다

그가 첫발을 내디뎠다고 하여
그의 이름이 붙여진 도시의
시내를 가로지르며 자리한 공원에는
하나의 흔적도
살아 있는 후손도 보이지 않는다

역사를 가득 담은 박물관을
깊은 곳까지 살펴보아도
숨어야 할 이야기는 지하에서 발굴되지 않은 양
나타나지 않는다

다만 잡초 속에 보이는 민들레와 질경이가
그 할머니와 할아버지들에게
이곳과 고국을 혼동하게 하며
눈물을 흘리게 했었다는 이야기를 전한다

흑룡강성에서 발원한다는 아무르강에는
이름처럼 검은 물이 흐르고
역사를 알고 있으나 말하지 않는 유람선은
두 강이 만나는 곳까지 갔다가
그 장군이 홀로 서 있는 동상 앞으로 돌아온다

시는 행복의 창고

글자를 만들어
기억의 창고로 사용한 수메르 사람처럼
시를 지어
행복의 창고를 만들어 가는 그대여

화사한 글귀라 하여도
참사랑을 담을 수 없고
짜릿한 자극일지라도
삶의 깊은 곳에서 맛을 낼 수 없으며

그대의 생각과 색채로 쓴 글은
스스로 정한 것이기에
읽는 이의 삶을 흔들려 하여도
거스르는 바람일 뿐이라오

거짓 없는 사랑과 깊은 마음으로
하늘의 기운을 느끼고 깨달아
땅의 언어로 번역하여 남긴다면

그대는 영원히 가슴을 울리는
행복의 화신이 되리다

수염을 깎으며

휴가라고 하여 수염을 그대로 두었던
젊은 날의 기운이 사라진 탓일까
오늘은 크림 비누를 바르고
진동이 느껴지는 면도기를 든다

수염을 자르면
더 강한 것이 올라온다는 이야기가
성장기에만 유효한 것인지
짧게 할 면적이 줄어든 느낌을 제거할 수 없다

새로운 생각이 잘려 나가고
꿈이 뿌리째 흔들리던 시간대를 비켜 지나며
인생 한 바퀴를 돌아온 아침

다시 눈을 크게 뜨고
온기가 남아 있는 가슴속
마르지 않은 씨앗을 찾아
이야기를 다시 시작한다

면도가 수염을 짧게 할 뿐
뽑거나 나오는 것을 막지 못하듯

세상의 자르기는 힘들게 하여도
멈추게 하지 못하기에

하늘의 노래

탈출

교만이 거룩한 옷을 입고 자기의 노래를 만든 후
맘몬의 힘을 통해 일꾼들의 마음을 유린하였을 때,
하늘의 노래를 기억한 목자들은
모세인 양 양들을 이끌고 이집트 탈출을 감행하였습니다

은혜

모든 것을 내려놓고 빈손으로 광야에 도착한 후
사막에 샘이 넘쳐흐르기를 노래하며
네 개의 작은 강가에 나무를 심기 시작한 지
사십 년이라는 긴 세월이 흘렀습니다

들풀조차 뿌리 내리기 힘들었던 땅 위에
비 대신 눈물을 쏟고
햇살 대신 가슴으로 대지를 품어
새로운 생명들이 태어나게 되었습니다

물병에 물이 마르고 창고에 떡이 떨어졌을 때 다가온 유
혹과
찢어진 장막 사이로 침투해 온 도적들의 위협도
오로지 새 하늘을 바라보며 이겨 냈습니다

새로운 마을을 이루기까지 가야 할 길은
멀고 험했습니다,
간첩으로 신고되어 조사를 받았던 이와
어쩔 수 없어 뛰쳐나갔다가 돌아온 이의 이야기가
기억의 한 귀퉁이에 남아 있습니다

신앙을 넘어 이념이 가슴을 흔들던 시대엔
밤새워 토론의 수준을 넘는 격한 논쟁도 벌였고,
인간의 연약함으로 인한 갈등은
부끄러운 흔적으로 남아 있습니다

변화

봄의 기운이 새싹들을 설레게 하고
꽃들이 앞다투며 피게 하듯
성령의 바람은 새롭게 밟은 땅마다
움막을 짓게 하였습니다

네 가지 색채를 띤 깃발들을 모아
하나의 색으로 만들기 위해
틀을 새롭게 만들고 마음을 비워 가며
하나가 되는 변화를 시작했습니다

아직 바라보았던 그곳까지 도달하지는 않았지만
후손들이 달려갈 길을 만들고
경작할 새 땅을 개간하고 있습니다

계승

한 세대가 저물어 가고
다음 세대도 다가오는 이들에게
길을 열어 주려 하고 있습니다

오늘의 40이 무슨 뜻이냐고 묻는 이들이
또 다른 40을 만들고 난 이후에
다 같이 부를 하늘의 노래를 마음속에 써 봅니다

회한과 기쁨이 겹쳐 다가옴을
억제하지 못하는 나그네는
눈을 감고 그날을 그려 봅니다

전쟁과 평화

프라하에서 꽃으로
다가오는 탱크를 막았던 기억이
여의도에서 여인의 가슴으로
총부리를 막아 내게 했다

많은 나라에서
욕심을 채우려고 무리를 지어 총칼을 들고
힘없는 자들의 목숨을 전리품으로 설정하며
게임처럼 명령어를 던진다

성공한 독재자들이 부러워서인지
등 뒤가 부끄러운 자들을 모아
나라를 왕국으로 만들려고
얼굴이 부끄러운 일을 도모하였다

피를 흘리지는 않았으나
영혼이 강탈당하는 긴 시간을 이겨 내야 했고,
보통 사람들은 법을 학습하고 정치를 공부하며
인간을 연구해야 했다

눈비를 맞아 가며 밤낮을 가리지 않고

염원을 모으고 모아 하늘에 올려 보낸 연유인지
거룩한 바람에 의해 거사는 수포로 돌아갔다

거룩한 전쟁이 평화를 낳고
오랜 평화가 전쟁을 일으킨다는 이야기를 사색하며
사람을 사람으로 만나는 세상을 꿈꾼다

유압 내 친구

힘들어도 옷 버려도 너는 내 친구

높은 산을 깎아서 바다를 메우는
거대한 중장비를 가볍게 움직이는
마법의 힘

우주를 개척하는 우주선과
군침이 돌게 하는 참기름을 선물하는 저 기계도
네가 사라지면 고철 덩어리

황무지를 초원으로 높은 산을 도시로
답답한 미래를 희망의 세상으로
또 다른 변신이 너의 참매력

지구를 가꾸고 자연을 보호하려
유압 엔지니어 힘을 내어 외친다,
멈추어라 거기 도망가는 에너지
돌아오라 어서 집 나간 에너지

어려워도 고단해도 너는 내 친구

죽은 자가 일어나 힘차게 일하는
신비한 기계 나라 지키고 다스리는
생명의 힘

기름을 뿜어내는 저 펌프와
명령에 순종하여 손발처럼 일을 하는 엠시비[2]는
네게 생명 주는 숨은 일꾼들

사람들은 모르지만 중장비의 내장은
사람의 육체를 꼭 닮은 기능 부품
심장이 펌프요 판막이 밸브

인생과 장비를 뜨겁게 사랑하는
유압 엔지니어 힘을 내어 외친다,
낮추어라 압력 불필요한 가해자
따라 하라 장비 한 몸인 것처럼

---

2) 유압 컨트롤 밸브(MCV, Main Control Valve)

1988년 문단과 아무런 관계가 없는 엔지니어가 『카이로스』라는 헬라어로 된 어려운 제목을 달고 사심 없이 문단에 데뷔했다. 너무 성급한 탓이었을까 아니면 운명일까, 올림픽으로 인해 다가온 출판계의 빙하기에 출판사를 도우려고 가계 수표를 발행하였다가 작은 집 한 채 값을 날렸고 심지어 경찰에게 조서를 받기도 했다.

두 번째 시집을 출간하며 새로운 세상이 올 줄 알았는데, 시인협회 회장이 되는 것 외에 달라진 것 없이 10여 년의 시간이 흘렀다. 여전히 엔지니어이고 작은 회사를 맡아 경영하고 있지만, 삶을 통해 시를 쓰는 춤을 멈추지 못한 채 살아왔고 그 흔적을 모아 보았다.

공학 박사라는 타이틀과 어울리지 않는 시인은 에세이를 써서 삶을 나누었고 더 나아가 오페라 대본을 쓰고 곡을 붙여 세 차례 공연도 했다. 오페라는 시나 에세이처럼 내 손에서 완성되지 않고 작곡 전문가를 통해 완성되었다.

시를 쓰는 이유는 시인마다 다르다고 한다. 십 대 말에 찾아온 죽음과의 깊은 조우로 시인이 되었다고 할 수 있는 필자는 괴테가 말한 "눈물 젖은 빵을 먹어 보지 않은 사람은 인생을 논하지 말라."와 유사하게 "죽음을 가까이에서 만나 보지 않은 사람과 인생을 논하지 말라."라고 이야기한다. 이러한 사고 속에서 삶의 흔적을 정리하기 위하여 쓰기도 하고, 이 시대의 숙제인 양 울분과 아픔을 소화한 후 기록으로 남기기도 한다.

인문학과 어울릴 것 같지 않은 공학적 관점에서 다른 시인들은 볼 수 없는 세상을 표현하기도 하고, 신앙인의 눈으로 감추어진 세계를 묘사하며 인생에 대한 질문과 만들어 가야 할 세상에 대한 답을 던지고 있다.

삶 속에 목마름이 사라지지 않거나
삶을 살아야 할 이유가 필요한 사람들에게 이 시집을 읽고 반추해 보기를 권한다.

카이로스의 시인 **장달식**